겨울 기린을 보러 갔어

이옥수 장편소설

겨울 기린을 보러 갔어

특별한서재

차례

엄마에게
남친이 생겼어

한송이꽃집은 꽃이 풍성했다.

꽃 가게가 재래시장과 잇닿아 있는 신축 상가 1층이고 골목 첫 번째 가게이다 보니 꽃이 많은 계절에는 시장 입구를 일부러 장식한 것같이 환했다. 꽃집 사장인 플로리스트 혜경 씨는 눈만 뜨면 종종걸음을 치며 가게 안팎의 플라워 디스플레이에 신경을 썼다. 무한 경쟁 시대에 고객을 사로잡는 방법은 매력적인 디스플레이에서부터 시작된다는 확고한 신념 때문이었다.

한송이꽃집 옆으로 김광석헤어와 홍삼 가게가 나란히 붙어 있는데 김광석헤어는 예약 손님만 받는 1인 미용실이고 홍삼 가게는 미간에 검은 팔자주름이 선명한 랙돌고양이 한 마리를 키우는 집사, 홍 이모님 가게였다. 팔자주름 때문에 이름이 '팔자'인, 못생겼지만 귀여운 개냥이는 팔자, 하고 부르면 게슴츠레한 눈을 뜨며 야옹, 대답을 했다. 홍 이모님은 옆에서 말동무가 되어주는 팔자가 소중한 딸이라고 늘 안고 뽀뽀를 해댔다.

혜경 씨 딸인 송이는 학교에서 돌아오면 김광석헤어와 홍삼 가게의 문을 빼꼼 열고 손님이 있으면 눈인사만, 손님이 없으면 몇 마디 안부를 주고받았다. 그런데 오늘은 송이가 김광석헤어도, 홍삼 가게도 들르지 않고 곧장 한송이꽃집으로 들어갔다. 엄마가 짙은 와인색 재킷을 입은 손님과 마주 앉아 있다가 눈인사만 했다.

"여기, 이렇게 코랄빛 장미에 화이트옥시와 아스틸베를 섞으면 우아하고 아름다워요. 어르신 생신 꽃은 아무래도 고급지고 품위가 있어 보이는 게 좋지 않을까요?"

엄마가 탁자 위에 펼쳐진 카탈로그를 손으로 짚어가며 설명을 했다. 여자가 미소를 띠며 가만가만 고개를 끄덕였다.

"그러네요. 꽃이 풍성하게 보이도록 하얀 꽃을 더 많이 꽂아주면 좋겠어요. 메인 꽃도 몇 송이 더하면 예쁠 것 같아요."

꽃을 결정한 여자가 어깨 위로 흘러내린 길고 풍성한 머리를 한 손으로 모아 쥐며 웃었다. 여자의 고운 피부와 웃음이 환했다. 송이는 여자를 힐끗 보면서 엄마가 하던 말을 떠올렸다.

"내가 꽃집을 하면서 알게 된 사실은, 사람들은 남의 얼굴을 볼 때 눈, 코, 입 하나하나 뜯어서 안 본다는 거야. 전체적인 표정을 보고 예쁘다, 안 예쁘다 판단하지. 꽃을 사러 오는 사람들은 슬픔보다는 기쁨과 행복, 설렘을 안고 오니까 표정이 다 환하고 예뻐. 그게 내가 꽃집을 하는 이유이기도 해, 행복한 사람들과 만나기."

송이는 가게에 붙어 있는 안채 거실로 들어가 가방을 내려놓고 냉장고에서 우유 한 컵을 따라서 식탁에 앉았다. 왠지 불길한 예감에 한숨이 포옥 나왔다. 어제 저녁에 몰래 본 엄마 휴대폰 톡 때문이다. 학교에서도 내내 찜찜하고 신경이 쓰였다.

왜 또 연애질이야, 그냥 이대로 둘이 살면 안 돼? 남자가 뭐가 좋다고……. 머리를 절레절레 흔들며 방으로 들어와 침대에 벌렁 누웠다. 만약 엄마가 정말 연애를 시작했다면 어떻게 해야 하나? 휴대폰으로 '엄마 연애를 막는 방법'을 검색하고 알고리즘을 탐방했지만 딱히 맞는 게 없다. 광석 원장이나 홍이모님께 물어보고 싶지만 아직 추측일 뿐, 확증이 없다.

벌떡 일어나 가게로 나갔다. 엄마 얼굴을 힐끔거리며 가게 안을 얼쩡댔다. 고객 앞에서 정성을 다해 꽃을 꽂고 있는 엄마는 눈길조차 주지 않았다. 김혜경 씨, 겉으로 봐선 연애를 시작한 것 같은 징조나 별 특이점은 없었다.

송이는 슬그머니 문을 밀고 나와 홍삼 가게로 갔다. 가게에 들어서자 팔자가 눈을 가늘게 뜨고 찢어지게 하품을 했다. 송이가 의자에 앉자 팔자가 다리에 붙어서 머리를 비벼댔다.

"팔자, 송이 언니가 그렇게 좋아? 자, 송이야. 팔자 줘봐."

홍 이모님이 내미는 츄르를 받아들자 팔자가 연분홍 혓바닥을 날름거리며 뛰어올랐다. 츄르를 다 먹은 팔자가 배를 까뒤집고 바닥을 구르는 것을 보면서 송이는 김광석헤어로 갔다. 가수 김광석의 〈사랑이라는 이유로〉가 잔잔하게 흐르고 있는 가게에서 광석 원장이 비질을 하고 있었다. 송이는 미용의자에 앉으며 불퉁하게 한마디 했다.

"지겹지도 않아, 이 노래?"

허스키한 보이스로 노래를 따라 부르던 광석 원장이 픽, 웃었다. 송이가 의자를 한 바퀴 빙그르르 돌린 후, 양 볼에 바람을 잔뜩 불어넣고 입을 쑥 내밀었다. 바닥을 다 쓴 광석 원장이 파티션 뒤에 빗자루를 갖다놓으며 물었다.

"왜 다크모드야?"

"칫, 사람이 들어와도 본체만체하더니."

"그럴 리가, 한송이의 방문은 언제나 대환영이지."

송이의 빈정거림에 광석 원장이 과장되게 두 팔을 번쩍 들었다. 송이가 머리를 갸웃댔다.

"이상하단 말이야. 아무래도 이상해!"

"뭐가?"

"있잖아, 울 엄마 남친 생긴 것 같아."

광석 원장이 소파에 털썩 앉으며 탁자 위의 책을 집어 들었다. 송이가 목을 빼고 목소리를 낮췄다.

"프사가 바뀌었어. 닉네임도 듣보잡으로 바꾸고. 어젯밤에 엄마 핸폰 봤거든. 톡 빈도수가 높은 게 있더라고, 이름은 없고 프사에 하얀 북극곰 한 마리가 있는데 멘트가 완전 유치해."

광석 원장이 책장을 넘기다가 눈을 크게 떴다.

"축하할 일이네."

"아니야, 뭔가 이 느끼한 느낌적인 느낌……."

송이가 검지로 입술을 뭉개며 미간을 찌푸리자 광석 원장이 또 픽, 웃었다. 광석 원장의 피식거림에 기분이 상해서 한마디 하려는데, 주머니 속이 드르륵 진동했다.

"송이, 어디야?"

"광석."

"너, 광석이라고 하지 말랬지. 아저씨 맘 좋다고 버릇없이 그럼 못써. 어릴 땐 몰라도 이젠 그 정도는 알 때 됐잖아. 배달 있어. 빨리 와."

엄마의 일방적인 명령과 호출에 송이가 풀 죽은 소리를 했다.

"광석, 내가 광석이라고 부르는 게 기분 나빠?"

"아니, 난 괜찮아. 광석과 송이, 우린 오랜 친구잖아."

망설임 없는 광석 원장의 대답에 금세 송이 입꼬리가 올라갔다. 송이가 김광석 원장을 광석이라고 부르는 것은 이들 부부가 서로 이름을 불렀기 때문이다. 어릴 때부터 멋모르고 따라 했는데 이제는 입에 붙어버려서 고치기가 쉽지 않았다.

"갈게. 배달 있대."

송이가 일어서자 광석 원장이 한 손을 들었다.

"수고!"

"참, 아까 그 얘기 아직은 비밀."

꽃집 문을 열자 탁자 위에 배달할 장미 바구니가 기다리고 있었다. 송이가 먼저 자원한 꽃 배달 알바였다. 한 건당 오천 원. 거리와 날씨 등, 조건에 따라 플러스 알파도 있지만 배달보다는 직접 오는 손님이 많아서 별 건덕지가 없었다. 그만두려고 해도 먼저 말 꺼내기가 쉽지 않아서 눈치를 보는 중이다.

"오아시스 물 조절 좀 해. 무거워 죽겠어."

송이가 구시렁대며 자전거에 꽃바구니를 올리자 엄마가 걱정스럽게 물었다.

"빌라촌 언덕이 만만치 않던데, 자전거로 괜찮겠어?"

"걱정 마."

송이가 후드 지퍼를 올리며 대답했다.

날씨가 꽤 쌀쌀했다. 길가에 수북하게 쌓여 있는 낙엽을 바람이 휘휘 몰고 다녔다. 송이는 얼굴에 부딪히는 알싸하게 매운 공기를 느끼며 힘껏 페달을 밟았다. 하지만 경사가 심한 언덕은 역부족이었다. 내려서 천천히 자전거를 끌고 올라가는데 엄마 휴대폰 톡, 글자가 생각났다.

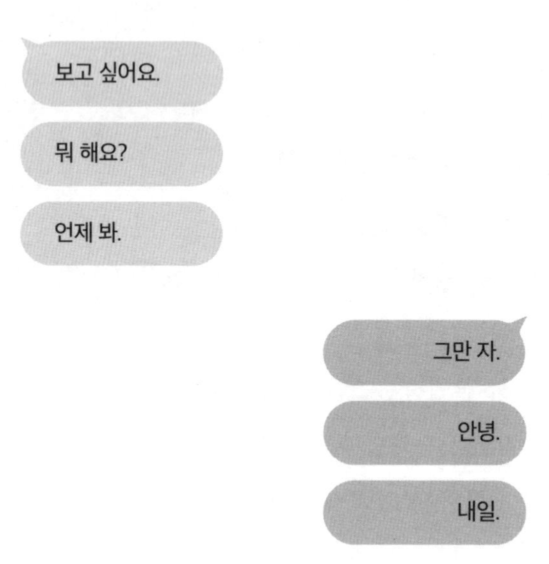

딱 봐도 북극곰이란 인간이 엄마에게 들이대며 질척대고 엄마는 은근슬쩍 어장 관리에 들어간 것 같았다. 물어볼까? 아니야, 또 언제 끝낼지 몰라. 제발 쫑내라, 쫑내라. 송이는 걸음을 옮기며 주문을 외듯 중얼거렸다. 답답한 마음에 올려다본 짙푸른 하늘엔 말갛게 씻은 구름이 뭉게뭉게 떠 다녔다. 아직 꼭대기까지 한참 남았다.

식탁에 꼴뚜기가 풍년이다.

"헤이, 유~ 꼴뚜기 쏘오옹~ 맛있는 꼴뚜기, 쏘옹~ 퐁당퐁당, 양념에 샤워를 시켜, 시켜. 살짝살짝 돌려서 볶아, 볶아. 참기름을 좌르르르 둘러, 둘러. 윤기가 반짝반짝, 단짠단짠, 쫀득쫀득, 꼴뚜기 간장 볶음 완써엉~."

엄마가 꼴뚜기를 볶으며 어깨를 들썩들썩댔다. 즉흥 랩이지만 제법 라임이 맞았다.

"어때, 맛있지?"

송이 입에 꼴뚜기를 쏙 넣어주며 엄마가 눈을 반짝였다.

"음, 맛있어. 역시 꼴뚜기는 내 최애 반찬이야."

송이가 입맛을 짝짝 다시며 맞장구를 쳤다.

“근데, 왜 이렇게 많이 볶았어?”

“네가 맛있다고 해서. 이웃들도 좀 나눠주려고. 준서도 꼴뚜기 좋아한대.”

“걔가 그래?”

“응, 엊그제 좀 갖다줬더니 맛있다고 꾸벅 인사까지 하더라.”

엄마가 반찬통 몇 개를 펼쳐놓고 꼴뚜기 볶음을 꼭꼭 눌러 담으며 콧노래를 멈추지 않았다.

“김준서 걔, 이런 연체동물에 관심을 가지면 또 엄청 피곤해지는데. 근데, 요 콩알보다 작은 꼴뚜기 쫌 귀엽긴 하다. 길쭉한 몸통에 가느다란 다리 좀 봐. 이 새까만 점 두 개는 눈이지?”

송이가 꼴뚜기 한 마리를 집어서 흔들었다.

“응. 어물전 망신은 꼴뚜기가 시킨다는 말, 너무한 것 아냐? 요 말갛고 귀여운 녀석에게 그런 불명예를 씌우다니. 내가 꼴뚜기라면 인간을 명예훼손으로 고소하겠어, 크크. 근데 새로 생긴 속초건어물 사장, 인심 엄청 좋아. 난 쪼잔하지 않은 사람이 좋더라. 저쪽 현대건어물 아저씨, 멸치 몇 마리 더 갈까 봐 손 벌벌 떠는 것과 완전 비교돼.”

엄마의 주관적인 사고방식에 송이가 혀를 찼다.

"치, 안개꽃 한 가지 더 갈까 봐 손 떨린다고 한 사람이 누군데."

"얘는, 꽃이 멸치 값하고 같니?"

엄마가 금세 샐쭉해져서 눈을 살짝 흘겼다.

"이거나 저거나. 속초건어물 사장, 나도 지나가면서 봤는데 무슨 씨름 선수 같던데."

"그치, 한 덩치 하지. 근데 엄청 순진해. 수줍음도 많이 타고, 흐흐. 귀여워."

귀여운 그 사장 때문에 요즘 꼴뚜기 인심이 후해졌나? 며칠 전에 홍 이모님도 꼴뚜기 맛있다고 전하라 했는데. 송이는 볼이 발그레해진 엄마를 빤히 올려다보았다. 방배동 할머니가 듬뿍 갖다주는 음식 외엔 엄마 반찬 인심이 이렇게 후한 적이 없었다.

"엄마?"

이 훈훈한 분위기를 몰아 궁금한 실마리를 살짝 풀어볼 생각이었다.

"왜?"

아, 안 돼. 불현듯 휴대폰 훔쳐본 죄가 떠올라 얼른 말꼬리를 돌렸다.

"맛있는 꼴뚜기 볶음 해주셔서 감사합니다."

송이의 장난스런 배꼽 인사에 엄마가 콧등을 찡긋하며 웃었다.

송이의 꿈속에 북극곰이 출현했다. 빌딩만 한 큰 곰이 나타났다고 모두들 도망을 쳤다. 송이도 사람들 뒤를 쫓아 달렸다. 한참 달렸다고 생각했는데 아직도 시장통 골목만 맴돌고 있다. 잡히면 죽는다. 그때 들려오는 쿵쿵 발자국 소리, 심장이 터질 것 같았다. 살려줘! 소리치며 벌떡 일어났다. 손바닥에 땀이 흥건했다.

가만히 생각해 보니 쿵쿵 소리만 들었지 곰탱이의 실물 영접은 하지 못했다. 꿈이지만 뭔가 아쉬웠다. 어디서 보니까 해빙이 녹고 먹이 사슬이 무너지면 북극곰은 인간까지 위협하는 마지막 포식자가 될 수 있다고 했다. 마지막 포식자, 그 무지막지한 곰탱이가 쿵쿵거리며 엄마에게 다가오고 있다. 몸이 오싹했다.

북극곰으로부터 엄마를 지켜야 한다는 엉뚱한 생각을 하다가 시계를 보니 새벽 1시 23분. 목이 말라 문을 열고 나왔다. 안방에서 속닥속닥, 나직한 말소리와 빗방울 같은 웃음소리가 났다. 송이는 살그머니 안방 문에 귀를 댔다.

"응, 그래. 귀엽잖아. 알았어, 이제 자. 응……. 아, 그랬구나. ……호호, 그래, 나도 그렇게 생각했다니까. 응, 응……. 호호호."

혀 짧은 목소리가 또르르 옥구슬이다. 물을 마시고 다시 방으로 들어와 누웠다. 이미 잠은 달아나 버렸다. 오만 잡생각이 꼬리에 꼬리를 물고 올챙이 춤을 췄다. 벌써 연애가 시작된 거야? 아, 진짜 짜증 나네. 이참에 확, 한성수 씨한테 가버려? 설마 날 쫓아내진 않겠지. 칫, 한송이. 새엄마랑 이복동생이랑 같이 살 수 있다고? 절대 못 살지. 못 살아. 아, 한성수. 내 아빠라는 혈육, 당신 말이야. 서로 좋아서 나처럼 예쁜 딸을 낳았으면 딸이 성인이 될 때까진 같이 살아줘야 하는 것 아냐! 혜경 씨도 그래, 나하고 둘이 이렇게 살면 좋은데 왜 또 남자에게 홀릭하냐고. 유치찬란하게 오밤중에 잠도 안 자고 남자랑 속닥거리고. 나도 돌싱 엄마 데리고 살기 힘들다고! 그 멍청한 곰탱이와 이쯤에서 끝내면 안 될까? 예전 그 개털보처럼 곰탱이가 우리 집을 무단 점거한다면 난 가만 안 있을 거야. 그래, 비겁하게 생각만 하지 말고 당장 나가 싸우자.

급히 문을 열었다. 일부러 발뒤꿈치를 쿵쿵 찧었다. 엄마의 감정 브레이크를 정상으로 작동케 하려면 이 정도 까칠한 반응은 보여줘야 한다.

“아, 잠 좀 자자고. 지금이 몇 신데……. 시끄러워서 잘 수가 없잖아.”

신경질을 내며 안방 문을 손바닥으로 탁탁 쳤다. 엄마 웃음소리가 뚝 멈췄다. 문을 쾅 닫고 들어와 이불을 뒤집어썼다.

잠잠하다. 조용히 다시 일어나 살금 문을 열었다. 쥐 죽은 듯 고요하다.

그동안 엄마를 스쳐간 남자들이 생각났다.

첫 번째, 찢어진 청바지남. 한동안 뻔질나게 꽃을 사러 오고 오밤중에 전화질을 해대며 스토커처럼 굴었다. 어느 날, 엄마가 경찰에 신고한다며 엄청 쌍욕을 해댔더니 사라졌다. 두 번째는 은근슬쩍 밀당남. 영화배우 정우성을 닮았다고 엄마가 먼저 좋아했던 남자였다. 어느 날부터 둘이 가게에 앉아 마주 보며 커피를 마시는 사이가 되었는데 "꽃값 천 원을 깎는 쪼잔한 인생이었다."며 엄마가 후딱 정리해 버렸다. 세 번째, 옆 홍삼 가게 이모님 조카였던 돌싱남. 두세 번 같이 밥 먹으러 나가더니 꼰대 냄새 풀풀에 완전 근엄 각이라고 그대로 쫓내버렸다.

마지막으로 송이가 5학년 때 만났던 개털보, 엄마와 꽤 오래갔던 남자였다. 엄마는 두툼하고 희멀건한 얼굴에 구레나룻을 타고 내려온 검은 털이 매력적이라고 했지만 송이는 징그러운 개털보라고 생각했다. 그 개털보가 빳빳한 털을 세우고 웃어댈 땐 토가 나올 것 같았다. 엄마는 죽고 못 산다는 듯 송이 앞에서도 그 개털보와 스킨십을 서슴지 않았다. 송이는 그 꼴이 보기 싫어서 전철을 타고 가출을 시도하기도 했다. 고작 방배동 할머니 집으로 간 게 다였지만 전철 안에서 눈이 빨개지도록 울었다. 그 후 엄마도 며칠은 송이 눈치를 보는 것 같더니 이내 킥킥대며 푹푹 찌는 날에도 민망하게 붙어 있었다. 그런데 그 여름의 막바지에 가을바람처럼 시원한 소식이 휴대폰으로 날아왔다.

"송이야, 네 엄마 그 털보랑 끝냈단다. 방금 전에 전화 왔어. 글쎄, 그놈이 돈을 요구하더래, 사업 자금을 빌려달라고. 벼룩의 간을 빼먹지 얻다 손을 벌리냐고 혜경이가 야멸치게 쏘아주고 끝냈다더라."

할머니 전화에 송이는 만세를 부르며 한달음에 집으로 달려갔다. 가게 앞에 이르니 엄마는 가게 문을 닫고 학교에서 돌아올 송이를 기다리고 있었다. 신이 난 송이는 영문도 모른 채 엄마가 이끄는 대로 자동차를 탔다.

엄마의 자동차는 푸른 나무들이 길쭉한 그림자를 만들고 있는 도로를 달렸다. 마침내 여의도에 있는 고층 빌딩 주차장에 도착했다. 엘리베이터를 타고 꼭대기 층 레스토랑으로 올라가서 창가에 자리를 잡았다. 반대쪽 빌딩 유리창에 반짝이는 빛들이 은박지처럼 붙어 있었고 빛가루가 흩뿌려진 물길 위를 유람선이 지나고 있었다. 한눈에 보이는 멋진 광경에 감탄이 절로 나왔지만 비장한 엄마 표정에 입을 열 수 없었다.

하얀 블라우스에 빨간 조끼를 입은 직원이 크리스털 컵에 붉은 와인을 따랐다. 엄마가 송이 접시를 끌어당겨 고기를 잘

라준 후 엄마 몫을 잘랐다. 엄마 손에 쥔 나이프가 앞뒤로 움직일 때마다 고기에서 핏물이 새어나와 하얀 접시에 검붉게 번져갔다.

"송이야, 이건 피가 아니고 육수야."

착 가라앉은 엄마 목소리와 하얀 접시의 붉은 핏물, 선명하게 대비되는 불온한 조합이 몹시 불안했다. 송이가 얼굴을 찡그리는데 엄마가 조각난 고깃점을 찍어서 잘근잘근 씹었다. 붉은 고깃점이 엄마 입속에 들어갈 때마다 송이는 눈을 질끈 감았다. 남자랑 쫑 내고 핏물 뚝뚝 떨어지는 스테이크를 아작 내던 혜경 씨, 지금도 그 비하인드 스토리를 생각하면 몸이 오싹해진다. 사람들은 앤티크 보닛에 순면 원피스를 입은 한송이꽃집 플로리스트 김혜경 씨를 곱고 아름답다고 칭송하지만 그 이면에 숨어 있는 찐 독기는 모를 거다.

이번엔 얼마나 갈까?

썸, 밀당?

설마, 이미 사귀기로 한 건 아니겠지?

한동안 잠잠히 장사만 잘하더니 왜 또……?

오밤중에 일어나 엄마 연애 걱정을 해야 하는 한송이, 초라하고 한심해서 미칠 것 같았다. 송이는 이불킥을 날리며 머리를 잡아 뜯었다.

아침부터 등짝 스매싱이 날아왔다.

송이는 이불을 더 돌돌 말고 죽은 척 버텼다. 지구의 자전이 멈추는 것보다 송이 입을 멈추게 하는 게 더 힘들다는 엄마 말은 틀렸다. 깨발랄 수다, 한송이도 입을 열고 싶지 않은 때가 있다. 매월 첫째 주 토요일, 아빠와 대면해야 하는 오늘 같은 날이다.

"한송이, 빨리 안 일어낫!"

마지못해 입을 댓 발이나 빼물고 일어났다.

"이혼은 자기들이 해놓고 왜 내가 핑퐁이 되어야 하느냐고!"

세수를 하면서도 짜증이 나서 툴툴댔다.

"아, 가기 싫음 가지 마. 안 간다고 계좌 이체 빼먹기야 하겠어."

아빠가 계좌로 송금하는 양육비를 두고 하는 말이다. 송이의 기분보다 돈이 중요하다는 엄마의 은근한 압박에 더 짜증이 났다.

"그렇게 만나기 싫으면 딱 부러지게 말해. 면접교섭권, 이제 거부한다고."

"나도 그러고 싶다고. 세상의 어느 아빠와 딸이 그래. 뻔한 안부 몇 마디 주고받고 완전 어색하게 그냥저냥 밥 먹고, 멀뚱거리다가 적당히 헤어지고……. 비주얼만 아빠와 딸이지 이게 뭐냐고."

"그래도 널 꼬박꼬박 만나려는 그 정성은 알아주라. 다 널 위한 아빠의 마음이라 생각하고."

"됐다고, 구질구질한 변명은 사절이야. 날 위해서 그런 거라면 헤어지지 말고 둘이서 잘 살았어야지."

싸잡아 톡 쏘았지만 엄마는 싱크대로 돌아서며 못 들은 척했다.

엄마 아빠는 송이가 초등학교 3학년 때 이혼을 했다. 이혼 사유는 성격 차이에서 오는 지독한 무관심이었다. 연애할 때는 몰랐는데 엄마는 아빠와 같이 있으면 숨이 막혔고, 벽을 마주하고 있는 것 같았다고 했다. 집에 오면 독박 육아하느라 지친 아내를 못 본 체하고 자기 방으로 쏙 들어가 버리고, 쫓아가 따지면 "돈 벌어다 주는데 뭐가 불만이야? 해달라는 것 다 해줬잖아. 아, 귀찮아. 피곤해. 날 건드리지 마." 뭐든 일방통행이었다고. 잠도 혼자서 자고 밥도 혼자서 먹고, 깔끔도 혼자서 떨고, 매사에 평등한 대화가 아닌 가부장적인 위압과 명령, 통보였다고 했다.

"어쨌거나 너희 아빠는 혼자 살아야 할 인간인데 왜 재혼을 했는지 몰라. 결혼 초에 네 아빠가 자기는 애를 갖고 싶지 않다고, 애 낳지 말고 살자고 하더라. 난 농담인 줄 알았어. 그런데 널 가진 후부터 아내에게 관심도 없고, 짜증이나 내고. 하여튼 특이한 남자야."

엄마는 생각만 해도 신물이 난다는 듯 고개를 절레절레 저었다.

"자기 아버지 꼭 닮은 거지, 뭐. 너희 할아버지가 그랬다잖아. 가장은 식구들 먹고살 만큼 돈만 벌어다 주면 된다고. 자식들하고 눈 맞추고 얘기 한 번 안 하는 아버지가 미워서 네 아빠는 결혼도 안 하려고 했다나."

"칫, 근데 왜 결혼했대?"

"내 눈에 콩깍지가 낀 거지. 그런 이야길 들으면서도 몰랐다니까. 그때 네게 말했던 게 다 한성수의 진심이었는데, 그걸 바보같이 농담인 줄 알았어. 미쳤지, 내가 왜 그런 인간을 좋아해가지고."

"그러니까 아빠가 원한 건 둘만 잘 먹고 잘 사는 거였네. 애초에 내가 태어나지 말았어야 했는데 다 나 때문이야."

송이가 씁쓰레한 표정을 짓자 엄마가 급히 손사래를 쳤다.

"얘, 그건 아니야. 네 아빠가 널 얼마나 사랑하는지 알면서 그래. 그리고 애 싫어한다는 말, 그거 다 거짓말이야. 재혼해서도 애 낳고 사는 것 봐라."

"아니야. 내가 태어나지 말았어야 했어. 둘이서만 잘 먹고 잘 살게. 내가 문제였어, 문제……."

"계집애, 넌 그렇게 엄마 속을 후벼 파야 시원하니? 엄마가 그랬잖아, 내가 세상에서 제일 잘한 게 송이, 너 낳은 거라고. 너 없으면 내가 못 살았지."

엄마가 장난스럽게 종종종 다가와 백허그를 했지만 송이는 몸을 비틀며 팔꿈치로 밀어냈다. 송이가 퉁퉁대며 신발을 꿰는데 엄마가 송이 어깨를 어루만졌다.

"송이야, 그래도 한성수 씨는 세상에 하나밖에 없는 네 아빠잖아. 잘 만나고 와."

"아, 됐다고!"

소리를 빽, 지르고 집을 나섰다. 정류장에서 버스를 기다리는데 자꾸만 화가 났다. 각자 다른 집에서 호적 메이트로 살다가 정해진 날에만 이렇게 불쑥 만나는 게 얼마나 웃기는 일인지 왜 법에서는 면접교섭권이라는 걸 만들어서 이렇게 나를 옭아매냐고 씩씩대는데 버스가 왔다. 버스에 올라 차창 밖을 내다보니 마른 잎을 매단 가로수들이 하릴없이 서 있고 지나가는 사람들의 발길이 분주했다. 저 사람들도 각자의 사연을 안고 살아가겠지? 만약 사람들의 기쁨, 슬픔, 분노 같은 모든 감정들을 한꺼번에 믹서기에 넣고 돌린다면 어떻게 될까? 저 텅 빈 하늘처럼 처연하고 무심한 표정으로 나올까. 아무런 고민 없이 그냥, 그렇게 살아가도 될까.

사당역에 내려서 파스텔 하우스로 들어갔다. 약속 장소인 2층 레스토랑 문 앞에서 잠깐 서성거렸다. 저만큼에서 까만 백팩을 멘 아빠가 걸어왔다. 한 손은 백팩 끈을 잡고 다른 한 손은 바지 주머니에 찔러 넣고 성큼성큼. 진회색 재킷에 하늘색 체크 셔츠, 스크래치 청바지가 꽤 괜찮아 보였다. 한성수 씨, 김혜경 씨가 반해서 쫓아다닐 만큼 객관적으로 잘생겼다. 그런데 저 모습이 갈수록 낯설게 느껴지는 것은 왜일까? 송이는 적당히 마음의 방어선을 그으며 최대한 라이트하게 만나리라 마음먹었다.

"송이야, 잘 있었어?"

약간 어색하지만 환한 얼굴이다.

"응."

아빠가 창 쪽, 송이가 안쪽에 마주 앉았다. 가방과 재킷을 벗어서 빈 의자에 걸치는 아빠를 보고 송이도 가방과 목도리를 벗어서 올려놓았다. 눈이 마주치자 아빠가 싱긋 웃었다. 아빠 피부 톤이 더 밝아지고 눈썹 문신도 지난달보다 더 또렷해졌다.

"눈썹이 더 짙어진 것 같은데."

"응, 엊그제 리터치 받았어."

"안 아파?"

"뭐, 괜찮아. 마취 연고 바르고 하니까. 송이는 요즘도 주말에 학원 가?"

"응, 주말은 더 빡세."

"그렇구나, 힘들어도 조금만 참아. 아빠도 너만 할 때, 공부하기 싫었는데 지금은 그때가 그립기도 해."

꼰대처럼 라떼는? 송이가 먼 창밖으로 눈길을 두자 아빠가 메뉴판을 밀었다.

"송이 먹고 싶은 것 맘껏 시켜."

아빠는 비프플레이트, 송이는 치킨플레이트를 주문한 후, 딱히 할 말이 없어서 멀뚱멀뚱 주위를 살폈다. 옆자리에 앉은 꼬맹이들이 탁자에 스케치북을 펴놓고 그림을 그리고 있었고 검은 면바지에 청색 맨투맨 티셔츠 커플룩을 입은 부모는 마주 앉아서 휴대폰에 코를 박고 있었다. 송이가 아이들을 바라보던 시선을 거두자, 아빠가 가방에서 지퍼 백을 꺼냈다.

"아빠가 송이 주려고 쿠키 구워 왔어."

슈가파우더를 입힌 동그란 스노볼 쿠키가 소복하게 들어 있었다. 빵 만드는 게 무슨 자랑이라고 주문하지도 않은 것을 갖고 오냐고 괜히 심통을 부리고 싶었다. 내가 원하는 건 이런 쿠키가 아니라고, 그러니까 아빠의 부재를 메꾸어 줄 수 있는 연속적인 그 어떤 것. 뭐, 그런 비슷한 거라고. 송이는 야속한 마음으로 어깨를 뒤로 뺐다. 참으려 했지만 볼멘소리가 불퉁하게 튀어나갔다.

"이제 이런 것 만들어 오지 마."

알량하게 이딴 소품으로 딸의 호감을 사려고 했다면 더더욱 싫다고 소리치고 싶었다.

"송이, 오늘 기분 안 좋은 것 같아. 왜, 무슨 일 있어?"

송이의 불손한 태도에 아빠 얼굴이 일그러졌다. 무슨 일 있는지 알면 뭘 어떻게 할 건데? 한 달에 한 번 만남으로 딸의 모든 것을 파악할 수 있다는 착각은 버리셔, 라는 말도 끓어올랐다.

"아빠, 내가 아직도 어린애로 보여?"

"송이가 왜 어린애야, 이젠 다 큰 숙녀지."

이미 표정을 수습한 아빠가 잔잔히 웃었다. 정말이지 어릴 땐 이렇지 않았다. 아빠를 만나러 오는 게 좋았고, 송이를 바라보는 아빠의 그윽한 눈빛이 좋았다. 만나면 즐겁게 이야길 했고, 아빠가 묻지 않아도 어린애다운 상상을 섞어 연신 종알거렸다.

"그러니까, 아빠한테 뭐든 고민이 있으면 털어놔 봐요, 다 큰 숙녀님."

"없어."

송이의 쌩한 대답에 아빠가 머쓱해하며 아랫입술을 쭉 내밀었다. 둘 사이에 꽤 길고 어색한 침묵이 흐르는데 주문한 음식이 나왔다. 아빠가 미소를 띠며 접시를 옮겨주었다. 송이는 여전히 눈길 한 번 주지 않고 새치름하게 포크를 집었다.

"송이야, 많이 먹어."

부드러운 아빠 말에도 송이는 애꿎은 방울토마토를 콕콕, 소리 나게 찍어대며 감정을 뿜어댔다. 아빠가 으음, 숨을 내쉰 후 애틋한 눈빛으로 말했다.

"우리 송이, 무슨 고민거리가 있는 것 같은데, 아빠한테 얘기해 주면 안 될까?"

"없다니까!"

두 번째 물음도 단칼에 싹둑 잘랐다.

완전, 중세 수도사들의 식사 시간이었다. 아빠도 딸도 조용히 기도하듯 먹기만 했다. 한송이, 유치하게 이러지 말자. 쥐도 도망갈 구멍을 보고 쫓으라고. 아빠한테도 틈을 좀 줘야지. 저렇게 딸 눈치만 슬슬 보고 있는 아빠가 불쌍하지 않니? 불쌍하긴 개뿔, 뭘 잘한 게 있다고? 아내와 딸을 버리고도 잘 살고 있구만. 가슴 한편에선 원망이 들썩들썩, 다른 한편에선 꼬장꼬장한 질책이 복잡하게 엉켜 돌아갔다. 그렇다고 발딱 일어나 나오긴 싫었다. 이렇게라도 한 공간에서 같은 공기를 마시고 싶은 마음도 있었기 때문이다. 접시를 먼저 비운 아빠가 티슈를 뽑아 입을 닦으며 빙그레 웃었다.

"송이, 맛있어?"

송이가 대답 대신 포크를 내려놓자 아빠가 티슈를 뽑아 내밀었다. 후식으로 바닐라 아이스크림이 나왔다. 아빠가 아이스크림을 떠먹는 송이 손을 유심히 바라보다가 두 손을 가지런히 내밀었다.

"우리 송이, 손톱이 아빠 닮았네."

송이가 자기 손톱과 아빠 손톱을 바라보았다. 아빠의 동그란 손톱과 송이의 동그란 손톱이 정말 닮았다. 송이가 피식, 웃자 아빠가 송이 손끝을 가만가만 어루만졌다. 아빠 손길이 부드러웠다.

"엄마가 연애하는 것 같아……. 상대가 누군지는 모르지만."

하고 싶은 말이 고이면 저절로 흘러나오는 모양이다. 느닷

없이 튀어나온 말이었다. 아빠가 송이 두 손을 모아 쥐고 토닥였다.

"음, 그렇구나. 송이가 그래서 고민이 생겼구나. 아빠는 송이가……."

옆자리 아이들이 악악대는 바람에 아빠가 하던 말이 끊겼다. 휴대폰에 정신이 팔린 부모는 아이들을 거들떠보지 않았다. 당장 애들 좀 어떻게 해보라고 소리치고 싶었다. 아빠도 미간을 찌푸리며 부모를 쏘아보았다. 그제야 눈치를 챈 부모가 아이들을 야단치며 밖으로 데리고 나갔다. 아빠 시선이 다시 송이에게 향했다.

"송이야, 아빠 생각에는 엄마 상대가 될 사람이라면 괜찮은 사람이 아닐까 싶은데."

아빠의 무심한 말에 흡, 숨이 막혔다. 눌러두었던 뾰족뾰족한 것이 그대로 튀어 올랐다. 어떻게 저런 말을? 한때는 혜경 씨와 가정이라는 필드를 공유했던 남자가 아니었나. 지나가는 행인에게 뇌까리듯 저렇게 성의 없이 말해도 되는 걸까? 한송이 엄마에게 애인이 생겼다고요오오오~. 그것 때문에 당신 딸이 요즘 몹시 불안하다고요. 딸의 고민을 1도 공감하지 못하는 벽창호님아! 한성수는 공감 능력 제로라고 하던 엄마 말이 맞았다. 진심, 병아리 눈물만큼이라도 딸에게 관심이 있다면 저렇게 말하진 않을 거다. 손톱이 닮은, 부드러운 손끝 때문에 잠시 싹트려 했던 신뢰가 싹 사라졌다.

"송이야. 엄마 일은 엄마가 잘 알아서 할 테니까 넌 너무 신경 쓰지 마."

아예 기름에 불을 붙여요. 이봐요, 한성수 씨. 엄마와 송이가 한 카테고리에 묶여 있는데 어떻게 신경을 안 써요. 그 흰 곰탱이가 엄마와 나의 평화를 깰 수도 있다구요. 딸의 입장을 한 번이라도, 단 한 번이라도 생각해 봤다면 저런 멍청한 말은 하지 않을 거다. 그래, 저 남자와 나는 핏줄이라는 빼박 DNA 하나로 간당간당 연결되어 있을 뿐이다. 뭘 더 바라겠어. 바라는 내가 바보지. 됐다 그래, 딸의 평화가 아니니, 생존이 문제가 되지 않는 아빠라는 저 남자는 내게 열패감만 더할 뿐이다. 송이는 용암처럼 솟구치려는 말들을 후후, 숨을 불어내며 가뒀다.

"나, 갈게."

송이가 좋아하는 바닐라 아이스크림은 반이나 남았다. 아빠가 어리둥절한 얼굴로 엉거주춤 따라 일어섰다.

"왜, 아빠가 뭘 잘못했어?"

"됐어. 학원 가야 돼."

"어, 그래. 그렇구나. 참, 송이야. 낼모레가 한우리 돌이야, 이제 걸음마도 시작했어."

한우리는 아빠가 재혼해서 낳은 아이이다. 지난번에 사진과 동영상으로 봤는데 엉금엉금 기는 모습이 귀여워서 송이도 가끔씩 생각하곤 했다.

"좋겠네, 예쁜 딸이 또 하나 있으니."

오도독, 얼음을 씹듯 쨍하게 쏘아주고 벗어둔 목도리와 가방을 들고 나왔다. 급히 뒤따라 나온 아빠가 기어이 스노볼 쿠키를 가방에 밀어 넣었다.

"잘 가. 무슨 일 있음 연락하고."

너무 애쓰지 마시라, 이런다고 이미 흩어버린 신뢰가 다시 싹틀 일은 없을 테니까. 송이는 떠나려는 버스를 향해 뛰었다. 아빠가 손을 흔들며 어정쩡하게 따라왔다. 괜히 눈물이 핑 돌고 속이 울컥울컥 올라왔다. 고개를 한껏 젖히고 눈물을 말렸다. 물기가 배어나오지 못하게 눈뿌리에 힘을 주었다. 길가에 붉은 잎을 떨구며 서 있는 나무에 시선을 멈췄다. 큰 키에 비해 나뭇가지가 빈약하고 앙상하다, 지금 송이의 마음처럼. 딸 앞에서 쩔쩔매며 눈치를 봐야 하는 아빠, 그 아빠가 야속하고 원망스런 송이. 언제쯤이면 이 앙상하고 빈약한 관계가 다시 풍성하게 피어날까? 쓸쓸한 송이 가슴으로 바람 한 줄기가 휘익 지나갔다.

바람개비처럼 돌아가야 할 혜경 씨가 톡질로 하세월이다.

아직 늘어놓은 델피늄 잎 정리도 덜 했고 장미 가시도 제거해야 하는데, 노상 입가가 벙싯벙싯, 톡질에 바쁘다. 보고 있는 송이 속에서 열불이 났다. 한송이꽃집은 꽃만 진열된 게 아니야, 나 김혜경의 삶도 진열되어 있어. 언제든 예쁘고 아름다워야 해, 하는 말을 입에 달고 살더니 가게 바닥이 온통 쓰레기장인데도 아랑곳없다. 꽃바구니 배달 시간이 다 되어가자 애가 탄 송이가 장갑을 끼고 가시 제거기를 들었다. 그제야 정신 줄을 되찾은 엄마가 앞치마 주머니에 휴대폰을 넣으며 계면쩍어했다.

"남자야?"

"아니, 친구."

엄마 휴대폰 봤다고 까발려? 아니지. 휴대폰을 훔쳐본 응징과 동시에 잠금 해제 패턴도 바꿔버릴 것이다. 어쨌거나 엄마의 저 거짓말은 남자와 바로 끝내도 수습이 가능하다는 뜻이라 믿고 싶었다.

"좀 빨리 해. 학원 늦는단 말이야."

송이가 짜증을 냈다. 이번엔 전화다. 엄마가 화들짝 놀라서 밖으로 뛰어나갔다. 송이가 한숨을 포옥 내쉬었다. 결국 시간이 간당간당해서 엄마가 자동차로 배달을 다녀왔다.

"내가 미쳤지, 괜히 시간만 버렸잖아. 나 이제 알바 안 해."

"알았어. 공부나 열심히 해. 자, 끝내는 기념으로."

엄마가 삼만 원을 내밀며 단번에 알바를 잘랐다.

"허얼, 독하네. 어떻게 바로 자르냐?"

"나, 원래 독한 여자."

송이의 불퉁한 모습에 엄마가 놀리듯이 빙글빙글 웃었다.

한송이꽃집이 문을 닫는 밤 10시, 엄마가 송이를 불렀다. 영업 끝났으니 셔터를 내리라는 신호다. 중학생이 된 후, 날마다 하는 일이지만 오늘 밤처럼 바람이 매서운 날은 쇠꼬챙이를 걸어 셔터를 내리는 것도 만만치 않았다. 송이가 가게로 나가 앞치마와 장갑을 벗는 엄마를 보며 쇠꼬챙이를 찾아 드는데 문이 열렸다. 키가 크고 체격이 좋은 멀끔한 젊은 남자가 멋쩍은 듯 손을 비비며 들어왔다. 남자는 쭈뼛거리며 생화 냉장고로 다가갔다.

"이거, 주세요."

비단향 꽃무를 가리켰다. 엄마가 남자를 지켜보며 잔잔히 웃었다. 송이는 쇠꼬챙이를 내려놓고 냉큼 보랏빛 비단향 꽃무 한 다발을 꺼내서 탁자 위에 올렸다. 김혜경 플로리스트가 순식간에 예쁜 꽃다발을 만들었다. 남자는 주머니에 손을 넣고 입을 쭉 내민 채, 엄마 손길과 실내를 스캔하듯 훑었다.

"사장님, 비단향 꽃무의 꽃말은요, '영원히 아름답다'예요. 서양 남자 분들은 좋아하는 여성을 영원히 사랑할 거라는 뜻으로 이 꽃을 모자에 꽂고 다니기도 한대요."

사장님? 엄마가 아는 남자인가? 어디서 본 듯한데? 기억을 더듬으며 송이가 포장지와 리본을 찾아들었다.

"아, 아저씨. 속초건어물 사장님?"

송이가 반갑게 소리치자 남자가 고개를 끄덕이며 양 입꼬리를 올렸다. 엄마가 힐끔 쳐다보며 모아 쥔 꽃다발을 핑크 리본으로 꽉꽉 돌려 묶었다.

"어느 분께 선물하시려고요?"

"저, 그게……."

엄마가 묻자 남자의 하얀 목덜미가 붉어졌다. 꽃다발을 받아 든 남자가 계산을 하고 꾸벅 인사를 했다. 남자가 머문 자리에 비릿한 건어물 냄새가 났다.

“엄만 어떻게 속초건어물 사장인 줄 딱 알아봤어?”

“꼴뚜기 사러 몇 번 갔잖아.”

“아, 그렇구나. 저 꼴뚜기 사장님 싱글 같은데.”

“맞아.”

“언제 신상까지. 울 엄마 정보력 짱인데.”

엄지를 척 들어 보이자 탁자 위를 정리하던 엄마가 싱긋 웃었다.

“참, 송이야. 너, 부자재 점검해 봐. 리본들도 몇 개 없는 것 같은데. 인스타로 들어온 주문이 꽤 되네. 역시 맘카페 홍보가 최곤 것 같아. 하루에 거의 네다섯 건씩 들어와. 송이 너, 일찍 자. 낼도 새벽 4시 출발이다.”

월요일, 공포의 새벽 시간이 다가온다. 송이가 새벽 시장을 간다면 친구들은 ‘거짓말이다’ 아님 ‘너희 엄마 팥쥐 엄마다’, 믿질 않았다. 하지만 엄마는 공짜 밥은 없다, 밥값은 해야 된다며 얄짤없이 몰아쳤다. 처음엔 징징대며 따라갔지만 지금은 익숙하게 따라나섰다.

꽃집은 겉으로 보면 사철 예쁘고 아름다울 것 같지만 들여다보면 막노동 잡일 터다. 쉴 새 없이 꽃이 시들지 않게 관리를 하고, 실내를 아름답게 디스플레이해야 하고 틈틈이 배달도 해야 한다. 엄마는 가위를 오래 쥐고 있어서 손에 마비가 온 적도 있었다. 저녁이면 이불을 쌓아놓고 부은 다리를 올리고 자야 했다. 꽃집 비수기는 여름 휴가철뿐이다. 그때는 새벽 시장에 안 가서 좋은데 엄마는 숨만 쉬어도 월세가 나간다고 죽을상이다.

강남터미널 꽃 도매 시장은 자정부터 정오까지 열린다. 밤에 가면 싱싱한 꽃을 살 수 있지만 가격이 비싸고, 낮에 가면 떨이밖에 살 수 없다. 그래서 새벽에 가야 적당한 가격으로 좋은 꽃을 구입할 수 있다. 엄마가 생화 시장에서 꽃을 사는 동안 송이는 건너편에 있는 부자재 시장에서 포장지와 리본, 오아시스 등 잡다한 것을 구입한다. 스파르타식 분업이지만 단시간에 끝낼 수 있어서 효율성이 높았다.

새벽 3시 40분, 송이가 눈을 비비며 목도리를 둘둘 감았다.

"한송이, 정신 좀 차려라. 너 구매할 부재료 꼼꼼히 체크했지? 구매 수첩은?"

"아, 여기 있다고!"

송이가 새된 소리로 짜증을 내며 엄마를 쳐다보았다. 운전대를 잡은 엄마 눈이 말똥말똥 빛났다. 강한 여자, 김혜경 씨는 식품영양학과를 나와서 기업체 영양사로 있다가 한성수 씨랑 결혼, 한송이 낳고 경력 단절녀의 설움을 겪다가 화훼장식 기능사 자격증 따고 꽃집 사장이 된 억척 아줌마다. 이런 분이니 새벽잠 못 자는 딸의 고통쯤은 엄살로 안다.

“아, 좀 살살해. 새벽엔 더 위험하다고!”

신호등 앞에서 급브레이크를 밟아대니 안전띠를 했는데도 몸뚱이가 앞뒤로 펄럭거렸다. 비몽사몽, 언제쯤 새벽에 맑은 정신으로 눈뜰 수 있을까 생각하며 송이는 또 깜빡 잠이 들었다.

“한송이, 다 왔어. 이제 일어나.”

엄마가 주차를 하는 사이, 눈을 잡아 뜯으며 엘리베이터를 탔다.

“오늘 꽃 많이 사야 하니 엄마 좀 먼저 도와주고 갈래?”

3층 엘리베이터에서 내리니 꽃향기가 기다렸다는 듯 훅, 달려들었다. 송이는 그제야 눈이 번쩍 뜨이면서 정신이 들었다. 대낮처럼 환하게 불을 밝힌 생화 시장은 사람들로 북적댔다. 가게마다 수북수북 쌓인 꽃들은 제각각의 빛깔과 모양으로 판타스틱한 꽃동네를 이뤘다. 엄마는 사람들을 헤치고 단골 가게를 향해 잰걸음을 쳤다. 처음 들른 곳은 튤립만 파는 튤립 맛집. 색색깔의 꽃봉오리가 유혹하듯 동그랗고 뾰족한 입술을 내밀고 있었다.

“사장님, 오늘 푸른 튤립이 없네, 주문 있는데.”

“기다려 봐. 금방 해줄 테니까.”

엄마 말에 튤립 사장이 바람처럼 흰 튤립 한 단을 가지고 안으로 들어갔다. 신기했다. 꽃도 염색이 된다는 것을 처음 알았다.

엄마는 눈을 부릅뜨고 시장을 휘젓고 다녔다. 엄마가 꽃다발을 골라주면 상인들은 순식간에 신문지에 도르르 말아서 건넸다.

거베라, 스카비오사, 라넌큘러스, 프리지아, 안개꽃, 장미, 카네이션…… 차곡차곡 받아 안았더니 어깨가 떨어져 내렸다.

"아직 멀었어?"

"이제 다 됐어. 아, 분화도 좀 사면 좋은데, 무거워서 안 되겠지."

부겐빌레아가 붉게 매달려 있는 올망졸망한 화분을 보며 엄마가 입맛을 다시다가 돌아섰다. 한꺼번에 들고 가지 못한 꽃은 튤립 가게에 맡겨놓았다.

"내가 한 번 더 갔다 올 테니까 넌 얼른 건너갔다 와."

안고 간 꽃을 자동차 트렁크에 내려놓고 부자재 상가로 달렸다. 적어 온 수첩을 보면서 리본과 포장지를 바구니에 골라 담았다. 단골인 송이를 알아본 사장이 새 물건을 권했다.

"송이야, 이건 이번에 새로 나온 레이스 리본인데 반응이 좋아. 단가가 좀 높긴 하지만."

"나중에요, 지금은 바빠서."

송이가 양손에 물건을 사들고 끙끙대며 엄마한테 달려갔다.

"아, 배고파. 우리 빨리 국밥 한 그릇 먹고 가자."

엄마가 송이 손을 잡아끌었다. 지금 시각 5시 25분, 국밥집으로 뛰었다. 뜨끈한 콩나물 국밥 한 그릇을 마파람에 게 눈 감추듯 흡입했다. 꽃은 생물이라 차에 실을 때 눌리면 안 된다. 그렇다고 좁은 차 안에 다 펼쳐놓을 수 없으니 시간을 다퉜다. 다시 뛰어와 급히 자동차에 올랐다. 엄마가 시동을 거는 것을 보면서 송이는 눈을 감았다.

"송이, 일어나라. 다 왔다."

벌써 가게 앞이다. 차에서 내려 올려다보니 진분홍 하늘이 어둠 속에서 조금씩 터지고 있었다. 건너편 손두부 가게에선 뽀얀 김이 풀썩풀썩 치솟고, 야채 가게 아저씨는 장 봐온 물건을 내리고 있었다. 환경미화원이 지나가며 인사를 했다. 송이는 폭포처럼 쏟아지는 잠을 쫓으며 엄마와 꽃을 옮겼다.

"송이, 넌 들어가서 좀 더 자."

엄마가 밝아오는 창밖을 내다보며 다정하게 시혜를 베풀었다.

"어머니, 감사합니다."

구십 도 인사를 하고 방으로 들어와 침대에 몸을 던졌다. 엄마는 지금부터 꽃을 정리해야 한다. 신문지를 벗기고 꽃잎을 정리하고 줄기를 자르고, 물 높이를 맞추어 꽂아서 냉장고에 넣을 것이다. 방으로 들어온 송이는 입은 옷 그대로 침대에 널브러졌고, 베개에 머리를 붙이는 순간 지체 없이 꿈나라로 향했다.

브레이크 타임 5시 ~ 6시

김광석헤어, 창문에 초록색 나무 팻말이 앙증맞게 걸려 있었다. 오, 이런 가뿐한 센스 타임이라니! 감격한 송이가 탄성을 지르려는데 광석 원장이 힐끔 쳐다보곤 읽던 책으로 시선을 가져갔다.

“흥, 브레이크 타임이라 써놓고 독서 타임이라 읽으면 되겠네.”

송이가 빈정대자 광석 원장이 눈을 끔뻑거리며 쳐다봤다.

“독서 타임이기도 하지만 준서를 위한 타임이기도 해. 학교 갔다 오는 아들 얼굴도 보고 밥도 같이 먹고.”

중학교 3학년이나 된 녀석을 어린애 취급이라니, 좀 얄미웠지만 좋은 아빠는 비난받을 이유가 없다는 생각에 곧 엄지를 치켜들었다.

"멋있어. 광석은 참 좋은 아빠야. 근데 준서는?"

"푸른 분식. 송이도 먹고 가."

광석 원장의 말에 송이가 냉큼 의자에 앉아서 빙글, 한 바퀴를 돌렸다.

"있잖아. 속초건어물 사장, 어제 문 닫을 시간에 꽃 사러 왔었어."

"찐 고객 생기겠네."

"아니야, 그 멀끔한 얼굴에 뭔가 어색한 억지웃음, 왜 느끼하고 그런 거 있잖아."

적절한 말을 찾지 못한 송이가 답답한 표정을 지었다.

"어제 오징어채 사러 갔다 왔는데, 사람 좋던데."

"왜 꽃이 필요할까? 그것도 밤중에. 그 사장 연애하나?"

광석 원장이 콧등을 비비며 싱긋 웃기만 했다.

"우리 혜경 씨 아주 심각해. 그 북극곰한테 완전 홀릭이야. 톡에 전화에 장난 아니야. 어느 날 새아빠라고 커다란 곰탱이 한 마리가 딱 나타나면 어떡하지?"

송이가 브러시로 양 볼을 톡톡 두드리며 미간을 찡그렸다.

"그럼, 북극곰하고 셋이 살면 되지."

"싫어, 난 엄마하고 둘이서만 살 거야."

"뭐야, 초딩같이."

송이가 광석 원장을 흘겨보며 입을 실룩대는데 비닐봉지를 든 준서가 숨을 헐떡이며 들어왔다.

"송이, 가게 안 봐?"

"내가 왜, 엄마 있잖아."

"꽃아줌마, 속초건어물에 있던데."

"아, 또 꼴뚜기야?"

"난 꽃아줌마 꼴뚜기 볶음 맛있어. 아빠가 해준 것보다 더."

준서가 떡볶이와 튀김을 펼쳐놓고 앉았다. 광석 원장이 장난스레 고개를 기울여 준서 이마를 박았다.

"아들, 면전에서 아빠 요리 솜씨를 디스해도 되는 거야?"

광석의 농담에도 준서는 아랑곳없이 눈을 동그랗게 뜨고 말했다.

"속초건어물 가게 멸치 꼴뚜기 옆에 꽃다발도 있어."

"뭐? 그거 우리 집에서 사간 거 아니야?"

어젯밤 그 꽃다발이 건어물 가게 디스플레이용이었다고? 멸치와 꼴뚜기가 비단향 꽃무로 영원한 사랑을 고백한다? 전혀 어울릴 조합이 아닌데……. 송이는 들었던 포크를 내려놓고 떡볶이를 우물거리며 뛰어나갔다.

준서 말이 맞았다. 속초건어물 가게 멸치, 꼴뚜기 옆에 어젯밤의 그 꽃다발이 놓여 있었다. 그리고 마주 서서 이야기를 나누고 있는 대호 씨와 혜경 씨. 에이, 아니야, 꼴뚜기를 사러 간 거야. 딱 봐도 그림이 안 나오잖아. 누나와 막냇동생 정도? 송이는 도리질을 하며 돌아섰다.

오늘도 한송이꽃집, 문 닫을 시간에 속초건어물 가게 사장이 나타나서 주춤주춤 냉장고 앞으로 걸어갔다. 나무둥치 같은 허리를 굽혀 꽃을 살피더니 분홍과 파란색이 섞인 오로라 장미를 가리켰다. 송이가 냉장고 문을 열고 꽃을 꺼냈다.

"사장님, 혹시 취미가 꽃이에요?"

건어물 사장이 싱긋 웃으며 고개를 저었다.

"그럼, 가게 디스플레이용으로?"

송이가 연거푸 묻자 엄마가 눈짓으로 그만하라는 경고를 했다.

"사장님, 안개를 섞을까요?"

엄마가 상냥하게 물었다.

"그냥, 대호라고 부르세요."

"대호 씨? 좋아요. 이렇게 안개를 몇 가지 섞으니 더 예쁘죠? 그런데 대호 씨, 오늘 장미는 누구를 위해?"

"아, 예. 뭐."

얼버무리며 머리를 긁적이는데 얼굴이 붉어졌다.

"아저씨, 저도 대호 씨라고 불러도 돼요? 전, 김광석헤어 원장님도 광석이라고 부르거든요."

송이가 냉큼 끼어들자 엄마가 또 한 번 눈짓 경고를 보냈다. 대호 씨가 더 붉어진 얼굴로 멋쩍은 웃음을 지었다.

사흘째, 마지막 손님이 또 등장했다. 대호 씨는 꾸벅 인사를 한 후 냉장고 앞으로 성큼성큼 걸어가 백합을 가리켰다.

"대호 씨, 백합은 좀 비싸요. 한 송이에 사천 원이에요. 날이 추워지니 꽃값이 많이 오르네요."

대호 씨가 고개를 돌려서 엄마를 보며 빙긋 웃었다. 꽃값 얘기가 웃을 일인가, 의아해하며 송이가 백합 다섯 송이를 뽑았다. 대호 씨가 그만하면 됐다고 손짓을 했다.

"학생이 한송이?"

"네, 어떻게 알아요, 제 이름?"

대호 씨가 대답 대신 또 빙긋댔다.

"사장님네서 사 온 꼴뚜기 맛있어요. 저도 엄마도 좋아해요."

대호 씨가 고개를 끄덕였다.

"자, 어때요? 하얀 백합에 보라색 리시안셔스를 둘렀어요. 백합은 순결이고, 리시안셔스는 변치 않는 사랑이에요. 꽃말이 예쁘죠."

엄마는 마지막 손님, 사흘 연속 오는 고객을 위해 정성껏 꽃다발을 만들었다.

"아저씨, 백합 향기, 완전 끝내줘요."

송이가 꽃다발을 건네주며 향기를 맡았다. 대호 씨도 코를 갖다 대며 어정쩡하게 웃었다. 계산을 하고 나가는 대호 씨 뒤를 엄마가 따라 나갔다.

"송이야, 엄마가 셔터 내릴게. 먼저 들어가."

한참 후에 셔터 내리는 소리가 나고 엄마가 콧노래를 부르며 거실로 들어왔다.

"저 남자 이상해. 무슨 꽃을 날마다 사 가?"

"궁금한 것도 많아요, 아가씨. 얼른 씻으세요."

"근데 왜 자꾸만 실실 웃을까?"

이미 식탁 의자에 앉아 톡질에 빠진 엄마는 송이 말에 대꾸하지 않았다. 하여튼 신났다. 북극곰과 진도가 꽤 많이 나간 것 같다. 제발 깨져라, 깨져라. 송이는 욕실로 들어가며 웅얼거렸다.

다음 날 밤. 마지막 손님을 기다렸다. 문 닫을 시간이 되었지만 멈칫멈칫 시간을 끌었다. 무슨 부적처럼 세 개의 꽃다발만 필요했나? 결국 15분이 지나서 셔터를 내렸다.

엄마가 가게에서 들어오자마자 주머니에서 휴대폰을 꺼내 거실 티브이 앞에 내려놓았다. 송이는 매의 눈으로 휴대폰을 노렸다. 갈망하는 자에게 생각보다 빨리 기회가 찾아왔다. 엄마가 베란다에서 들고 오던 빨래 바구니를 내려놓고 황급히 가게로 나갔다.

"어머, 어머, 내 정신 좀 봐. 장미에 영양제 타주고 들어온다는 게. 송이야, 세탁기 좀 돌려."

이때닷, 재빨리 휴대폰을 낚아챘다. 북극곰을 찾았다. 아니, 이미 북극곰은 열려 있었다. 프사의 동그라미 속에 나타난 하얀 곰 한 마리. 빛의 속도로 화면을 밀어 올렸다.

감정은 느낌이다. 그 느낌을 언어로 표현해야 상대방에게 전달된다. 저도 제 감정을 혜경 씨에게 언어로 표현할 거예요. 사랑해요, 혜경 씨!!!

어머, 미친……. 이렇게 노골적으로 고백을 하다니! 머릿속에 회오리가 휘몰아쳤다. 잠시 멍하니 서 있던 송이는 문 여는 소리에 얼른 휴대폰을 놓고 돌아섰다. 갑자기 거실 바닥과 벽면이 물결처럼 출렁댔다. 아, 또 붉은 스테이크에 칼질하러 갈 날이 오겠다. 빨래 바구니를 안은 발걸음이 휘청댔다. 도대체 이 흰 곰탱이는 누굴까?

지금은 연애할 나이

학원이 끝난 후, 송이가 준서 손을 잡으며 말했다.

"컵라면 먹을래?"

"좋아."

송이는 늘 준서 손을 잡고 다녔다. 자칫하면 준서가 호기심을 따라 어디론가 가버려서 손을 잡고 다녔더니 이제는 준서도 스스럼없이 송이 손을 잡았다. 송이와 준서는 편의점 탁자에 앉아 발을 까딱거리며 라면이 불기를 기다렸다.

"그만 봐."

송이가 준서 휴대폰을 빼앗았다. 준서가 커다랗고 맑은 눈으로 송이를 바라보았다.

"야, 너, 휴대폰 중독이야. 나랑 같이 있을 땐 휴대폰 보지 말고 얘기하자. 이렇게 눈을 맞추고."

잠시 뚱해 있던 준서가 이내 착한 아이처럼 고개를 끄덕였다.

"송이, 툰베리가 탄소 배출 때문에 채식 주장을 하잖아."

"인간 뇌에서 탄소 배출로 주제가 바뀌었니?"

"소 방귀가 탄소 배출의 주범이야. 그런데 인간이 채식만 한다면 소처럼 위장이 네 개로 분화할까? 한 개였던 위장이 네 개로 나뉘게 되면 밥을 엄청 자주 먹어야 할 텐데 하루에 세 끼로 버틸 수 있을 것 같아?"

"그럼 인공 위장으로 대체하겠지, 뭐. 야, 김준서. 내가 진심 걱정돼서 하는 말인데 우리 고딩 되면 국영수, 한 문제에 인간 등급이 바뀐다고. 그런데 넌 언제 현실각 잡고 안드로메다에서 하강할래?"

"하강? 왜 안드로메다는 지구 위에 있다고 생각해? 지구 밑이나 옆에 있을 수도 있잖아."

"그렇지."

송이가 건성으로 대답하며 준서를 바라보았다. 김준서, 잘 생겼다. 그런데 문제는, 이 물체에겐 인간적인 보편성이 장착되어 있지 않다는 것이다. 적어도 지구 나이 열여섯이라면 청춘의 발칙한 상상도 해보고, 적당히 반항도 하면서 존재감을 과시할 수도 있는데 어린애처럼 마냥 순둥순둥 맑기만 하다,

성선설의 표본처럼.

“그러니까 지구도 우주의 별자리 중에서 하나의 별인 데…….”

“응, 됐어. 거기까지. 이제 먹자.”

송이가 말을 끊어버리자 준서가 입술을 핥으며 젓가락을 들었다. 그때 송이 휴대폰이 진동했다. 모르는 번호다. 꽤 길게 떨렸다. 송이가 액정을 힐끔 보면서 면발을 건져올렸다. 준서가 휴대폰과 송이를 번갈아 보다가 알아서 빨간 버튼을 눌러주었다. 또 전화가 왔다. 방금 전 그 번호다.

“네, 뭐라고요? 사고요?”

송이 손에 있던 포크가 바닥으로 떨어졌다.

“어떡해, 어떡해. 우리 엄마 교통사고 났대. 어떡해…….”

송이가 새파랗게 질려서 준서 어깨를 흔들었다. 엄마가 타고 오던 버스가 춘천 어딘가에서 전복되었다는 경찰의 전화였다.

“아줌마 많이 다쳤대?”

“몰라, 몰라!”

송이의 두 눈에 눈물이 핑핑 돌았다. 방배동 할머니한테 급히 전화를 했다. 준서 손에 이끌려 허둥지둥 집으로 가는데 다리가 휘청댔다. 가게 안에 가방을 들여놓고 할머니를 기다리는 사이, 아빠한테도 전화를 했다.

“송이야, 이럴 때일수록 침착해야 해. 아빠가 곧 갈 테니까 너무 걱정하지 마. 엄마 괜찮을 거야. 알았지?"

뉴스에서 보던 교통사고 현장들이 눈앞에 펼쳐졌다. 두려움과 공포가 괴물처럼 몰려와서 심장이 덜덜 떨렸다. 하나님, 제발요! 제발 우리 엄마 살려주세요. 손이 저절로 모아졌다. 황급히 뛰어나온 광석 원장과 홍 이모님이 송이를 안심시키며 어깨를 토닥였다.

할머니가 왔다. 광석 원장과 홍 이모님께 인사할 새도 없이 할머니 차에 올랐다. 안전벨트를 고쳐 매는 할머니 손이 덜덜 떨렸다. 좁은 차 안으로 어둠이 뭉텅이로 훅, 훅, 몰려왔다. 어른거리는 불빛들이 날카로운 빗금으로 찢어졌다. 할머니와 송이는 약속이나 한 듯 입을 꾹 다물고 앞만 주시했다.

오늘 아침, 시장 상인들 총회 겸 친목 나들이 날이라고 한껏 들떠 있던 엄마 모습이 생각났다. 남이섬에도 가고, 춘천 무슨 호텔에서 회의도 하고 밥도 먹는다고 했다.

"아, 이 잔주름 좀 봐. 송이야, 엄마 눈가에 보톡스 맞아야겠지? 요즘 성형외과나 피부과 안 다니는 여자가 어디 있어."

어제저녁엔 얼굴 마사지를 하고 팩을 붙이며 난리를 피우더니, 아침부터 머리에 수건을 둥둥 감고 눈가를 문지르며 중중거렸다.

"몇 시에 나가?"

"8시에. 요, 앞으로 버스 온대. 오늘 날씨 좀 봐봐."

"맑대. 낮엔 15도까지 올라가는데."

"두부찌개 해놨으니까 아침 찾아 먹어."

화장을 끝낸 엄마가 수건을 풀고 드라이를 했다. 늘 입던 올드한 누비 원피스 대신 아이보리색 짧은 패딩에 검정색 바지를 입고 송이 앞에서 빙그르르 돌았다.

"어때? 괜찮아?"

"예뻐."

"갔다 올게."

송이가 부스스한 얼굴로 따라 나가 문에 붙어 섰다. 밤색 롱부츠를 신은 엄마가 손을 흔들며 멀어져 갔다. 우리 엄마 아직 미스라고 해도 되겠다. 음, 저렇게 예쁘면 연애해도 될 것 같아, 혼잣말을 하며 돌아서는데 김광석헤어에 불이 켜져 있는 게 보였다.

"안 가?"

문을 열고 들어가며 송이가 뚱하게 묻자 광석 원장이 책에서 눈길을 거두며 대답했다.

"웅, 난 읽을 책이 있어서."

"다 가는데 안 가도 돼?"

"민주주의 국가잖아. 불참석도 회원의 권리야."

무슨, 거창하게 민주주의씩이나.

송이가 의자에 앉아 빙글, 돌며 혼잣말처럼 중얼거렸다.

"오늘 아침에 보니까 우리 엄마 참 예뻐. 연애할 나이가 맞는 것 같기도 해."

"연애할 나이가 따로 있나 뭐. 하긴 요즘 혜경 씨 얼굴, 생기가 넘치고 반짝반짝하더라. 연애할 나이, 인정."

광석 원장이 뭐가 좋은지 다시 책에 코를 박으며 킥킥댔다. 광석 원장은 활자 중독, 그것도 중증이다. 오늘은 아침부터 무릎 담요까지 두르고 똬리를 트는 걸 보니 아마도 저 책, 마지막 장까지 클리어해야 일어설 것 같다.

"영업은 할 거야, 말 거야?"

"10시에 예약 손님 있어."

이따위로 영업해서 어떻게 돈을 벌어, 송이가 한심한 눈길을 보냈지만 이미 광석 원장은 책과 물아일체가 되어 있었다.

김광석헤어에서 나오니, 홍 이모님이 유리창을 닦고 있었다.

"홍 이모님도 안 갔어요?"

"난 어딜 못 가. 우리 영감 때문에, 아유 지겨워."

홍 이모님이 마뜩잖은지 인상을 찌푸렸다. 시니어 모델처럼 몸매가 예쁘고 미소가 고운 홍 이모님도 백수 남편의 꼬장질 때문에 고생이 많은 것 같았다.

"혜경이 오랜만에 콧바람 쐬고 좋겠다."

"홍 이모님은 제가 본 할머니 중에서 가장 예뻐요."

"아이구, 고마워라. 우리 송이가 아침부터 날 비행기 태우네."

홍 이모님의 미간이 펴졌다.

"홍 이모님. 우리 엄마 연애하는 것 같아요."

밑도 끝도 없는 송이의 말에 홍 이모님이 놀란 얼굴로 되물었다.

"혜경이가 연애한다고?"

"아니, 저도 잘 몰라요. 그냥, 그런 것 같다고요. 엄마한텐 비밀."

송이가 검지를 입술에 갖다 댔다. 홍 이모님이 빙그레 웃으며 고개를 끄덕였다. 팔자가 혀를 날름거리며 그루밍을 하다가 송이를 보고 다가와 발밑에서 골골댔다. 송이는 팔자 머리를 만져주고 돌아와 다시 이불 속으로 뛰어들었다.

엄마는 그렇게 아침에 나간 그 모습 그대로, 콧노래를 부르며 돌아와야 한다. 그런데 교통사고라니! 송이의 양 볼에 물방울이 흘러내렸다.

자동차는 어둠 속으로 빨려 들어가듯 쉼 없이 달렸다. 앞에서 오가는 자동차 불빛이 길게 촉수를 뻗치자 할머니가 눈을 찌푸리며 짜증을 냈다. 터널을 나오면 또 터널, 끝이 없을 것 같은 길을 가는 내내 두 사람은 딱풀로 입을 붙여놓은 것처럼 침묵했다. 톨게이트를 빠져나왔을 때, 송이가 떨리는 목소리로 말했다.

"할머니, 내가 아빠한테 전화했어."

할머니가 긴 한숨을 내쉬었다.

"흐흠~ 그래……. 그런데 이젠 그쪽도 가정이 있는데 알려도 되는지 모르겠다."

맞다. 김혜경 씨와 한성수 씨는 이제 남남이구나, 서늘한 기운이 속을 쭉 훑었다. 또다시 침묵. 준서와 광석 원장의 톡이 연신 액정에 한 줄로 길게 떴다가 사라졌지만 열어보지 않았다. 송이는 달려드는 불길한 생각을 쫓아내려고 가만가만 하아, 숨을 내뱉었다.

김혜경, 수술 중

병원에 도착해 수술실 벽면 알림판에서 엄마 이름을 확인했다. 할머니가 얼굴을 감싸며 그 자리에 주저앉았다. 할머니와 송이는 넋을 잃고 수술실 앞에서 기다렸다. 멍청한 시간은 더디게, 더디게 흘렀다. 수술실 문이 열릴 때마다 송이 가슴이 쿵쿵, 내려앉으며 손에 땀이 찼다.

아빠가 수술실 앞에 나타났다. 아빠가 할머니에게 머리를 숙이자 할머니가 일어서며 말없이 손을 잡았다. 아빠가 송이 어깨를 끌어당겨 토닥였다. 세 사람이 나란히 한 의자에 앉았다. 바위 같은 침묵 속에서 모두들 수술방 문과 알림판만 애타게 올려다보았다.

"김혜경 환자 보호자님."

세 사람이 용수철처럼 튀어 일어났다. 무려 세 시간 만이었다.

"김혜경 씨, 수술 잘 끝났습니다. 일단 수술은 잘 된 것 같은데 전반적인 상태는 좀 더 두고 봐야 할 것 같습니다."

아빠가 의사에게 다가서며 다급하게 물었다.

"좀 더 두고 보자는 말씀은……?"

"차에서 튕겨나가면서 늑골이 부러져 폐를 찔렀어요. 온몸에 타박상도 심하니 좀 지켜봐야 될 것 같다는 말씀입니다. 그럼."

의사 선생님이 피곤한 듯 엄지로 눈자위를 꾹꾹 누르며 사라졌다. 모두들 회복실로 갔다. 김혜경, 이름표가 달린 병상을 본 순간 송이는 엄마를 부르며 소리 내어 울었고 할머니는 새파랗게 질려서 입을 떼지 못했다. 아빠는 슬픈 눈길로 가만히 엄마를 내려다보았다. 온몸을 붕대로 감아놓은 엄마가 머리맡에 얼키설키 튜브를 매달고 누워 있었다. 얼굴은 시커멓게 부풀어 올랐고 손가락과 발가락은 피딱지가 검게 붙어 있었다. 아빠가 고개를 숙여 안타까운 목소리로 엄마를 불렀다.

"혜경아, 혜경아!"

엄마는 미동도 하지 않았다.

"송이야, 그만 울어. 엄마가 송이 울음소리 들으면 더 힘들어."

아빠가 마냥 울고 있는 송이를 달랬다. 어둠보다 더 깊은 절망이 송이와 할머니, 그리고 아빠의 가슴을 무겁게 짓누르고 있었다.

긴 어둠을 갈아엎고 밝은 아침이 찾아왔다.

송이는 처음으로 새날을 맞이한 듯 속이 울컥댔다. 어젯밤 엄마는 중환자실로 옮겨졌고 송이와 할머니는 보호자 대기실에서 밤을 보냈다. 여기저기서 새어나오는 환자 보호자들의 한숨과 눈물을 보면서 뜬눈으로 지새운 밤이었다.

아침 10시 30분, 30분간의 면회 시간이다. 송이와 할머니는 중환자실 입구에서 면회용 가운을 입고 헤어 캡을 썼다. 얼마나 긴장이 되는지 송이 손끝이 달달 떨렸다.

중환자실 문이 열렸다. 할머니가 송이를 먼저 들여보냈다. 송이는 엄마 옆에 붙어서 울먹였다.

"엄마!"

엄마가 입술을 달싹거리며 소리를 밀어냈지만 들리지 않았다. 엄마 얼굴이 어젯밤보다 더 검게 변했다. 피멍이 든 팔과 다리도 더 부풀어 올랐다. 송이는 아무 말도 못 하고 엄마 손만 잡고 울었다. 교대하러 들어온 할머니도 혼이 나간 듯, 엄마를 내려다봤다.

"혜경아, 엄마야, 엄마 여기 있어."

"어, 어……."

할머니가 엄마 손을 잡는 것을 보면서 송이가 밖으로 나왔다. 눈물이 앞을 가려 신발을 꿸 수가 없었다. 보호자 대기실로 돌아온 송이는 무릎에 얼굴을 묻고 엉엉, 울었다.

다음 날, 의사 선생님을 만나고 온 할머니가 안도의 한숨을 내쉬며 송이 손을 잡았다.

"얼마나 다행이니, 타박상은 심하지만 부러진 뼈만 잘 붙으면 다른 덴 문제 될 게 없단다. 내일이면 중환자실에서 일반 병실로 옮겨도 된대. 송이야. 며칠 경과 지켜보면서 네 엄마, 집 가까운 병원으로 옮기자. 의사 선생님이 그렇게 해도 된대. 나도 그렇고 송이 너도 이렇게 멀리 오긴 힘들어. 혜경이도 그게 편할 거야."

사흘 후, 의식을 완전히 회복한 엄마가 들것에 실려 구급차에 옮겨졌다. 구급대원들이 엄마를 가운데 눕히고 송이와 할머니를 양옆에 앉게 했다. 구급차가 달리는 중에도 구급대원은 연신 계기판을 들여다보며 엄마 상태를 체크했다. 송이가 엄마의 한쪽 손을 잡았다. 손등에 피멍이 있었지만 다행히 손바닥은 깨끗했다. 가위질을 많이 한 탓에 손가락에 굳은살이 박여 있었다.

"우리 혜경이 그렇게 억척같이 일하더니만 이젠 꼼짝없이 누워서 쉬게 생겼네."

할머니가 젖은 목소리로 농담을 했다. 엄마가 희미한 눈길로 할머니를 올려다보며 힘겹게 입을 열었다.

"나, 괜……."

"오, 환자분 말씀하시면 안 돼요."

구급대원이 엄마에게 주의를 주었다.

"그럼, 괜찮고말고. 우리 딸, 금방 나을 거야."

할머니가 빙그레 웃으며 엄마 머리를 쓸어주었다. 며칠 새, 할머니의 눈이 한 뼘이나 들어갔다. 하나밖에 없는 딸이 고통당하는 것을 지켜보는 할머니의 아픔을 느낄 수 있었다. 할머니, 엄마, 그리고 송이. 삼대를 이어가는 사랑의 연결 고리가 감사했다. 이 연결 고리가 얼마나 소중한지, 어떻게 서로의 버팀목이 되는지 송이는 똑똑히 느낄 수 있었다. 할머니가 엄마 손을 가만히 쓰다듬었다. 그 모습이 애잔해서 송이는 눈물을 삼켰다.

한마음 병원 7층 712호, 엄마가 입원한 4인용 병실이다.

이곳에 온 지 일주일이 지나도록 송이가 쭉, 엄마를 돌봤다. 학교도 결석하고 엄마 병상 밑 간이 매트에서 새우잠을 자면서.

"송이야, 간병인 구해야겠다."

할머니가 애처로운 눈빛으로 송이를 바라보았다.

"싫어, 내가 엄마 옆에 있을 거야. 곧 방학이란 말이야."

"안 돼, 네 엄마가 언제까지 병원에 있을지도 모르는데 너 혼자선 힘들어. 할머니 말 들어."

"지금까지 잘해 왔잖아. 일단 내가 더 해보고 안 되면 그때 구하자. 응? 할머니."

송이가 고집을 피웠다. 방배동에서 한정식집을 운영하는 할머니는 가게 때문에 엄마 옆에 있을 수 없었다.

엄마의 통증은 밤에 더 심했다. 진통제를 맞으면 두세 시간 괜찮았다가 또 아프다고 비명을 질렀다. 송이는 연신 의사 선생님을 부르러 들락날락하다가 새벽녘에야 잠시 눈을 붙일 수 있었다.

긴긴 밤이 지나고 아침이 되었다. 송이는 엄마 얼굴을 닦아주고 밥을 먹였다. 시간 맞춰 약을 먹이고 중간중간 엑스선실이나 검사실에 따라갔다. 그렇게 종일 뱅뱅 돌아치다 보면 또 저녁 회진 시간이다. 하루가 땡볕에 널어놓은 젖은 빨래처럼 증발해 버렸다. 드라마에서 보면 반전과 실마리가 극적으로 병실에서 일어나고 풀리는데 드라마는 드라마일 뿐, 현실은 엄마의 고통과 송이의 종종걸음으로 하루를 열고 닫았다.

"부럽다, 나도 저런 딸 있었으면 좋겠다."

"어쩜, 송이는 저렇게 예쁘고 싹싹할까?"

"요즘 저런 딸이 어딨어. 진짜 송이는 효녀야."

같은 병실에 있는 환자와 환자 보호자들의 칭찬이 송이에겐 그나마 힘이 됐다. 주말이 지나자 통증이 좀 덜해지면서 엄마는 계속 잠을 잤고 송이도 숨을 돌릴 수 있었다.

엄마가 병원을 옮긴 지 보름이 지났다. 그사이 송이는 겨울방학을 했다. 이제는 엄마가 잠든 틈에 바깥바람을 쐴 여유도 생겼다. 이른 저녁을 먹고 송이는 병원 마당으로 내려갔다. 목덜미를 스치는 찹찹한 바람에 기분이 좋았다. 송이는 고개를 들어 병원 건물을 올려다보았다. 병원 꼭대기 층에 걸린 해가 창문에 앉아서 속살거렸다. 가슴을 열고 숨을 크게 들이마셨다. 문득, 모든 것이 감사하다는 생각이 들었다. 멀쩡하게 자전하고 있는 지구가, 이 추위에도 굳세게 서 있는 나무가, 환자를 옮기는 구급대원들의 빠른 발걸음이, 산책 중인 환자들의 느긋한 모습이…… 송이는 두 팔을 크게 벌리고 진회색으로 두꺼워지고 있는 하늘을 올려다보며 감사의 기도를 올렸다.

병실로 돌아가던 송이가 엘리베이터를 기다리고 있을 때였다.

"앗, 송이다. 송이야, 엄마는?"

사람들 틈을 헤치고 기함하는 소리가 났다. 대호 씨였다. 머리에 붕대를 감고 한쪽 다리에 깁스를 했다. 대호 씨 뒤에서 휠체어를 밀고 있는 여자는 딱 봐도 대호 씨와 똑 닮은 데칼코마니였다.

"아저씨, 많이 다쳤어요?"

"아니, 조금. 엄마는?"

"우리 엄마도 다치긴 했지만 괜찮아요."

"송이야, 몇 호야, 엄마 몇 호에 있어?"

대호 씨가 휠체어를 버팅기며 성급하게 물었다. 한송이꽃집에서 꽃 몇 번 사갔다고 굳이 병실까지 알 필요가 있을까, 아니면 꼴뚜기 단골 고객 관리 차원인가? 아무리 그래도 이렇게 무례한 행동이라니.

"몇 호냐니까?"

대호 씨가 거듭 성마르게 재촉했다. 데칼코마니가 미간을 찌푸리며 송이를 쳐다보았다.

"엄마한테 물어보고요."

송이의 대답에 대호 씨가 손으로 휠체어 바퀴를 굴렸다.

"아니야, 지금 같이 가보자."

데칼코마니가 성질을 냈다.

"대호야, 이 학생 말이 맞아. 그쪽도 사정이 있잖아. 불쑥 찾아가는 건 실례야. 학생, 내 전화번호 좀 찍어봐."

얼떨결에 불러주는 전화번호를 찍었지만 뭔가 언짢았다. 다짜고짜 병실로 가자는 대호 씨도 성질을 부리는 데칼코마니도 재수가 없긴 마찬가지였다. 세상에는 별별 사람들이 있다지만 저렇게 다그치는 인간은 처음 보았다. 송이는 투덜대며 병실로 올라왔다.

병실엔 할머니가 와 있었고 엄마는 홍 이모님과 통화 중이었다.

"송이야, 고생했지. 할머니가 송이 좋아하는 떡갈비 구워 왔어, 좀 먹어봐."

할머니가 찬합에서 떡갈비를 덜어냈다. 송이가 냉큼 손으로 한 개를 집어 입에 넣었다.

"엄마, 대호 씨도 이 병원에 있대. 한 번 찾아봐 줘."

통화를 끝낸 엄마가 할머니를 쳐다보며 말했다. 흐흡, 송이가 재빨리 입을 막았다. 방금, 그 대호 씨?

"혜경아, 지금 남 걱정할 때가 아니야. 네가 빨리 나아야지."

할머니와 엄마의 대화에 묘한 뉘앙스가 느껴졌다. 그때, 번개처럼 스치는 생각, 혹시 대호 씨가? 떡갈비를 꿀꺽 삼켰다.

"엄마. 북극곰이 대호 씨이~?"

"네가 어떻게 북극곰을?"

엄마 눈이 등잔만 해졌다.

"맞아? 대호 씨가 북극곰?"

송이가 몰아치자 엄마가 가만히 고개를 끄덕였다.

"그럼 둘이 사귀는 거야?"

"호들갑 떨지 마. 아직 어떻게 될지 몰라."

말도 안 돼, 북극곰이 속초건어물 가게 대호 씨였다니! 대호 씨가 그처럼 성급하게 들이대던 이유가 있었구나. 가슴이 우르르 떨렸다.

"어쩜 그렇게 감쪽같이 속일 수 있어?"

"그냥, 좀 더 시간을 가져보려고."

엄마가 시답잖게 변명을 하자 할머니도 발뺌을 했다.

"나도 네 엄마가 통화하는 거 보고 방금 전에 알았다."

완전 뒤통수다. 아니, 이건 배신이다. 어쩜, 엄마가 딸을 이렇게 속일 수 있을까? 아, 진짜. 그 넙데데한 인간이 실실거릴 때 알아봤어야 하는데 송이는 화를 삭이지 못해 쿵쿵대며 복도로 걸어 나왔다.

아, 진짜 짜증 나. 어떻게 이런 개 같은 경우가 다 있지? 이제 보니 그 인간이 사흘 연속 꽃을 사러 온 것도 엄마가 갑자기 꼴뚜기에 꽂힌 것도 다 이유가 있었네. 한송이, 둔하다, 둔

해. 어떻게 코 밑에서 벌어지는 일도 모르고……. 아냐, 엄마가 분명히 그랬지? 좀 더 시간을 가져보려 했다고? 그럼, 아직 사귀는 건 아니잖아. 하긴, 전혀 어울리는 조합이 아니니까. 송이가 병원 복도를 걸어다니며 중얼거리고 있는데 할머니가 옆으로 다가왔다.

"송이야, 걱정 마. 그 남자가 네 엄마 좋다고 쫓아다니긴 했지만 아직 사귀고 그런 건 아니래."

"치이, 그런데 그 인간 찾아보라고 해?"

"그건, 그냥 같은 시장통에서 장사하는 사람이니까 얼마나 다쳤는지 궁금해서 그런 걸 거야. 그리고 지금 저렇게 아파서 누워 있는데 뭘, 어떻게 하겠니? 너무 신경 쓰지 마. 송이야. 할머닌, 네 엄마가 후유증 없이 빨리 낫기만 하면 좋겠다."

할머니 말씀도 맞지만 그동안 그 곰탱이 때문에 속 끓인 것을 생각하니 가만히 있을 수 없었다.

"아니야, 엄마한테 다시 물어봐야겠어."

송이는 고개를 저으며 병실로 들어갔다. 엄마를 내려다보며 잠시 숨을 고른 후 단도직입적으로 물었다.

"엄마, 그 곰탱이하고 계속 사귈 거야?"

"아, 몰라. 시간을 가져본다고 했잖아."

엄마가 신경질적으로 대답했지만 송이는 물러서지 않았다.

"엄마도 그 곰탱이 좋아하는 거야?"

송이의 거침없는 물음에 엄마가 당황하며 미간을 찌푸렸다.

"한송이, 말 좀 가려서 해라. 곰탱이가 뭐니?"

엄마의 핀잔에 송이가 흐흠, 큰 숨을 한번 내쉰 후 다시 물었다.

"좋아, 대호 씨, 엄마는 그럼 대호 씨 좋아해?"

"한송이, 그만해라. 엄마 아프다."

엄마가 협박조로 말했지만 송이는 물러서지 않았다. 비겁하게 회피하긴, 그동안 톡질에 전화질에 내가 모를 줄 알고, 속이 부글부글 끓어올랐다.

"한송이, 엄마 일은 엄마가 알아서 할 테니까 걱정하지 마."

엄마가 금세 차분해진 목소리로 웃음까지 띠며 미적지근한 대답을 내놓자 송이가 그대로 못을 박았다.

"어쨌든, 난 엄마가 그 곰탱이, 아니 대호 씨와 연애하는 건 절대 반대야."

엄마가 피식 웃었다. 송이는 엄마의 웃음이 기분 나빴지만 할 말을 했다는 생각에 마음이 좀 풀렸다. 할머니 말씀처럼 저렇게 아파서 누워 있는데 지금 뭘 어쩌겠어, 하는 안도감도 들면서.

하늘이 조각조각, 비대칭으로 빌딩들 사이에 걸려 있다. 할 수 있다면 저 빌딩들을 걷어내고 하늘을 하늘답게 돌려주고 싶었다. 크고 넓은, 하늘다운 하늘에서 눈이 펑펑 쏟아진다면 얼마나 근사할까? 준서가 멍 때리기 대회에 나가자고 하던 말이 생각났다. "야, 김준서. 그럴 시간에 멘탈 챙겨서 수학 한 문제라도 더 풀어라." 핀잔을 줬었는데 나가볼 걸 그랬나? 정말이지 집, 학교, 학원만 돌다 보니 하늘 한 자락 볼 시간이 없었다. 광석 원장도 카르페 디엠carpe diem을 가르쳐 주며 "즐겨라. 날마다 재밌게 살아라. 한 치 앞도 모르는 게 인생이다"라고 했는데 그게 무슨 뜻인지 알 것 같았다. 김혜경, 한성수,

광석 원장, 홍 이모님은 즐기면서 재밌게 살까? 다른 사람은 몰라도 광석 원장은 책도 보고 브레이크 타임도 가지면서 즐겁게 사는 것 같았다.

"엄마, 우리도 김광석헤어처럼 브레이크 타임 만들자."

병실 밖을 내다보던 송이가 창문을 닫고 돌아서며 말했다. 엄마는 입술을 길게 빼고 후후, 웃기만 했다. 어쨌거나 병원에 있으니 가끔씩 멍 때리기도 하고, 생각도 많아지고, 세상을 살아갈 때 가장 소중한 것이 무엇인지도 조금씩 깨닫게 되었다.

점심을 먹은 후, 엄마는 잠이 들었고 송이는 엄마 옆에서 휴대폰을 보고 있는데 두런두런 말소리가 들렸다. 가림막 자락을 살짝 밀치고 밖을 내다보았다. 휠체어에 앉은 대호 씨와 휠체어를 밀고 있는 데칼코마니가 병실 안으로 들어서고 있었다. 송이는 얼른 가림막을 둘러치고 나갔다.

"아, 아저씨……. 안 돼요. 들어오지 마세요."

"괜찮아, 잠깐만이면 돼."

대호 씨의 막무가내 진입에 송이가 두 팔을 벌리고 막아섰다. 뒤에 선 데칼코마니가 비웃듯 입가를 실룩거렸다.

"안 된다니까요."

송이가 단호히 말했지만 대호 씨가 물러서지 않았다.

"그럼, 엄마한테 물어보고요."

송이가 양손을 펴서 제지하며 뒷걸음을 쳤다.

"엄마, 대호 씨."

잠이 덜 깬 엄마가 송이 손끝을 따라 시선을 돌렸다.

"안 돼."

엄마가 고개를 돌렸다. 송이가 재빨리 가림막을 여몄다.

"엄마가 안 된대요. 들어오지 마요."

대호 씨가 급히 엄마를 불렀다.

"혜경 씨, 혜경 씨."

오만상을 찌푸리며 휠체어를 잡고 서 있던 데칼코마니가 화를 벌컥 냈다.

"야, 안 된다잖아. 가자. 여기까지 온 사람을 어떻게……."

송이와 시선이 부딪히자 데칼코마니가 말끝을 흐렸다. 데칼코마니가 휠체어를 휙, 돌리자 바퀴를 잡고 있던 대호 씨 손이 풀렸다.

"혜경 씨, 혜경 씨!"

대호 씨의 굵은 목소리가 병실 안을 휘젓고 멀어져 갔다. 눈을 감은 엄마가 입술을 꼬옥 깨물었다.

"왜 여기까지 찾아오고 난리야, 짜증 나."

예고도 없이 쳐들어오다니, 송이는 뭔가 무시를 당하는 것 같았다.

"혼자가 아닌 것 같은데?"

“대호 씨와 똑 닮은 데칼코마니. 누난가 봐.”

엄마가 고개를 주억거렸다. 어떻게 엄마는 저런 인간을……. 속이 부글거렸다. 하지만 아픈 엄마를 자극해선 안 된다. 어쨌거나 대호 씨가 다시는 얼쩡거리지 못하게 못을 박아야 할 것 같았다. 송이는 잰걸음으로 휴게실로 갔다. 데칼코마니에게 전화를 했다.

“아줌마, 저 김혜경 씨 딸인데요. 우리 엄마가 다신 찾아오지 말래요. 대호 씨 만나기 싫대요. 아저씨한테 전해주세요.”

거짓말이라 양심에 찔렸지만 눈에서 멀어지면 마음도 멀어진다고 했다. 절대로 둘이 만나게 해서는 안 될 것 같았다.

송이, 인체의 원자는 불멸하기 때문에 사람이 죽어도 원자는 살아 있다가 우주의 생명체로 다시 태어난대. 그러니까 우리 엄마 원자도 땅, 나무, 바위가 되었다가 다시 생명체로 태어날 수 있대. 이거 인터넷에서 찾았어.

병실로 돌아오는데 준서가 제법 긴 톡을 보냈다. 이 긴박한 삶의 현장에서 투쟁하고 있는 친구에게 보낼 글은 아닌 것 같았다. 죽고 난 후에 생명체가 되든 말든 무슨 상관이야, 하고 썼다가 삭제해 버렸다. 준서가 엄마를 많이 그리워하고 있는 것을 알기 때문에.

저녁, 소등 시간이다. 환자와 보호자들이 잠자리에 들었다. 송이도 가림막을 둘러치고 누웠다. 살포시 잠이 드는데 조심스럽게 병실 문이 열리는 소리가 들렸다. 이어서 드르륵 바퀴 구르는 소리가 들렸다. 송이는 뒤집어썼던 담요를 코까지 내렸다. 어느 새 가림막이 열리는가 싶더니 커다랗고 검은 덩어리 물체가 엄마 침상 쪽으로 쓱, 들어왔다. 그러곤 침묵, 한참 후에 가늘게 들려오는 흐느낌 소리. 엄마다. 송이는 숨을 죽였다. 이 시간에 혼자서 어떻게 여기까지 왔지? 실눈을 뜨고 살짝 보니 검은 덩어리는 굳은 듯 앉아 있을 뿐, 말이 없었다. 후텁지근한 공기가 가슴께로 달라붙으며 갑갑증이 일었지만 미세 감각을 동원해서 둘의 동정을 살폈다. 이어지는 두 사람의 오랜 침묵. 어둠을 뚫고 눈빛을 빛내는 송이와 바위처럼 앉아 있는 대호 씨. 적막 속에 엄마를 중간에 두고 뭔가 대치 구도를 이루는 것 같았다.

"가, 가……."

소슬바람처럼 속삭이는 엄마 목소리.

"가."

재촉이 이어졌다.

"혜경 씨."

한껏 깔린 굵고 간절한 저음이다. 대호 씨의 등이 엄마 얼굴 쪽으로 구부러졌다. 송이는 눈을 질끈 감았다. 입맞춤? 엄마 저녁에 간식 먹고 양치 못 했는데. 얼른 송이가 입을 틀어막았다.

잠시 후, 휠체어가 문 밖으로 미끄러지듯 굴러갔다. 그제야 얼음땡, 송이는 몸을 돌리며 고였던 침을 삼켰다. 아, 뭐야, 둘을 끊어놓는다며? 한송이 진짜 바보다. 재빨리 일어나서 휠체어를 끌어냈어야지, 꺼지라고 소리를 치든지. 뒤늦게 머리를 쥐어박았지만 이미 상황은 종료되었다. 환자면 환자답게 치료나 받을 것이지 왜 무법자처럼 밤중에 쳐들어와서 딴짓을 하는지, 잠이 싹 달아나 버렸다. 진짜 둘 다 어디까지 가려고 저러나?

밤새 눈이 내렸다.

창문턱에 소복이 쌓인 눈을 보며 병실 식구들이 탄성을 질렀다. 주문하지 않은 하얀 눈 선물에 모두들 마음이 들떴다. 송이는 창을 열고 눈을 뭉쳐서 누워 있는 사람들에게 나누어 주었다. 모두들 어린애처럼 좋아하며 눈에 대한 추억을 꺼내 놓았다. 병실에 모처럼 활기가 돌았다. 송이도 기분이 좋아서 콧노래가 나왔다. 아침을 먹고 의사 선생님이 회진을 다녀간 후, 엄마에게 약을 먹이고 있는데 광석 원장과 준서가 왔다.

"꽃아줌마, 걱정하지 마세요. 인체에는 자가 회복력이라는 자연 치유 능력이 있어요. 골절도 약 6주 정도가 지나면 회복

가능하대요. 그러니까 아줌마가 다친 게 4주가 지났으니 2주 만 더 참으면 괜찮아져요."

준서가 들어오자마자 엄마 얼굴을 내려다보며 준비한 말을 읊었다. 아스퍼거 증후군은 천재들에게만 나타나는 것 같다. 어떻게 토씨 하나 안 틀리고 한 끈으로 저렇게 쭉 말할 수 있을까?

"김준서, 아줌마한테 인사부터 해야 할 것 같은데."

광석 원장이 준서 어깨를 톡톡 두드렸다.

"아빠, 중요한 정보는 빨리 알려야 해요."

준서의 볼그레한 뺨을 바라보며 광석 원장이 빙긋 웃었다.

"그렇구나, 그래도 아빠 생각에는 인사부터 하는 게 좋을 것 같아."

"안녕하세요? 꽃아줌마."

초딩 같은 아들과 자상한 아빠가 나누는 대화가 참 따뜻했다.

"혜경 씨가 이렇게 아픈데 아무런 도움이 되지 못하네요. 빨리 회복하셔서 퇴원하시길 기도하고 있어요."

광석 원장의 진심 어린 위로가 좋았다.

"송이, 그런데 킬링필드. 크메르 루즈가 150만 명이 넘는 사람들을 학살했어. 완전 빌런이야. 이런 빌런들의 뇌 구조는 변형된 사이코패스들의 전형인데……. 참, 송이한테 선물 보냈어. 봤어?"

"응, 받았어. 분홍분홍 큐브 아이스크림, 꽤 융통성 있는 선물이던데, 고마워.”

“송이가 꽃아줌마 간호한다고 아빠가 보내래.”

“야아, 그런 말은 굳이 안 해도 되잖아. 감동이 팍 줄었네.”

송이가 눈을 살짝 흘기자, 광석 원장이 눈을 찡긋했다. 홍 이모님도 날마다 전화하고 주말에는 맛있는 것을 싸들고 병원에 왔다. 좋은 이웃이 옆에 있다는 게 얼마나 행복한 일인지, 그동안 당연하게 생각했던 이웃들의 사랑과 관심이 결코 당연한 게 아니었다는 사실을 알게 되었다. 송이는 이제 집으로 돌아가면 광석에게 덜 틱틱대고 홍 이모님 이야기도 귀찮아하지 말고 들어주어야겠다고 생각했다.

광석 원장과 준서를 바래다주러 병원 로비까지 내려왔다가 송이는 눈꽃에 이끌려 마당으로 나갔다. 솔잎에 내려앉은 하얀 눈꽃이 너무 예뻐서 입술을 갖다 대는데, 뒤쪽에서 낯익은 소리가 들렸다.

“내가 좋다는데 누나가 왜 그래?”

“참, 기가 막힌다. 기가 막혀! 어떻게 나이도 많고 애까지 딸린 여자한테 미쳐서……. 말이 되냐, 제발 정신 좀 차려라. 박대호.”

저, 짧은 파마머리. 데칼코마니였다.

“됐어. 그만해. 내가 어린애야? 내 일은 내가 알아서 해.”

“알아서 하긴, 뭘 알아서 해. 정말 미쳤어. 미쳤어. 한 손으로 휠체어 밀고 거기까지 찾아가다니. 그래, 그년이 뭐래?"

"누나, 말조심해. 왜 욕을 하고 그래."

"하도 기가 막혀서 그런다. 거기까지 혼자 갈 수 있으면 이제부터 네가 다 알아서 해. 난 갈 테니까."

미친 거 아냐, 저 여자 지금 우리 엄마 보고 뭐라고 하고 있는 거잖아. 송이가 벙벙해 있는 사이 데칼코마니가 휠체어 손잡이를 탁 치고는 가버렸다. 당장 뛰어나가 따지고 싶지만 엿들은 말이라 참았다.

대호 씨가 고개를 푹 숙였다. 넓적한 등이 바위처럼 움직이지 않았다. 송이가 대호 씨를 지켜보다가 조금 전에 들은 이야기를 지우며 다가갔다.

"오, 송이네. 눈 구경 나왔구나. 날씨가 참 포근하지?"

인기척을 느낀 대호 씨가 머쓱해하며 하늘로 고개를 젖혔다. 송이가 소나무에 앉은 눈을 뭉치며 무심한 듯 물었다.

"아저씬 왜 북극곰이에요?"

대호 씨가 싱긋 웃더니 고개를 저으며 대답했다.

"몰라, 어려서부터 피부가 하얗고 덩치가 크다고 친구들이 그렇게 불렀어. 어렸을 땐 그 말이 되게 듣기 싫었는데 지금은 좋아, 북극곰. 흐흐."

꿈에서는 빌딩만 한 북극곰이 시장 골목으로 쳐들어왔는데, 실물은 머리와 다리에 붕대를 감고 휠체어에 앉은 초라한 북극곰이라니, 픽 웃음이 났다.

“엄마 간병하느라 고생이 많지? 저어~, 송이야, 내일 이 시간에도 여기 나올래? 아저씨가 수고하는 송이에게 주고 싶은 게 있는데.”

흥, 친절도 풍년이셔라, 교통사고 후유증으로 친절 게이지가 격하게 치솟으셨나, 아저씨가 간병비 주시게요? 송이가 바로 잘랐다.

“싫어요. 안 나올 거예요.”

“기다릴게. 너 못 만나면 난, 바람 쐬고 들어가면 되고.”

“아니요. 기다리지 마세요.”

쌀쌀한 송이의 말에 금세 풀이 죽어서 대호 씨 목소리가 잦아들었다.

“송이야. 아저씨가 잘할게.”

됐고요, 더 이상 엄마 앞에 얼쩡거리지나 말아요.

“미안해. 나도 내 마음대로 할 수가 없어서 그래. 혜경 씨가 좋아서……. 송이야, 난……. 송이가 좀 도와주면 안 될까?”

송이의 속엣말을 듣기라도 한 것처럼 대호 씨가 메마른 소리로 더듬거렸다. 송이는 못 들은 척 손에 든 눈덩이만 눌렀다. 대호 씨가 멀거니 송이를 쳐다보더니 양손으로 휠체어 바퀴를 잡았다. 송이 옆으로 휠체어가 삐뚤삐뚤 힘겹게 굴러갔다. 안쓰러워 밀어주고 싶었지만 괜한 친절은 착각을 불러일

으킬 수 있을 것 같아서 그대로 서 있었다. 그때, 혼잣말처럼 중얼거리는 대호 씨 목소리가 송이 귀에 꽂혔다.

"송이가 아직 어려서 잘 모르겠지만 혜경 씨도 혜경 씨 인생이 있는데……."

송이가 발끈해서 소리쳤다.

"뭐라고요. 엄마 인생이 왜요?"

대호 씨가 휠체어를 멈추고 송이를 쳐다봤다.

"그러니까. 송이도 송이의 인생이 있듯이, 엄마도 엄마 인생이 있다는……."

송이 눈초리가 치켜올라가자 대호 씨가 뒷말을 얼버무렸다. 흥, 이젠 훈계질까지! 엄마 인생이란 게 고작, 대호 씨랑 연애하고 데칼코마니한테 욕먹는 거냐고요오~. 화가 난 송이가 어깨를 들썩이며 숨을 몰아쉬었다.

"아, 진짜 짜증 나네. 아저씨가 뭔데 엄마 인생을 말해요?"

송이 목소리가 덜덜 떨렸다.

"그게 아니고, 난 그저 혜경 씨가 안돼 보여……."

송이가 대호 씨 말을 딱 자르며 치고 들어갔다.

"아저씨. 우리 엄마 절대 찾아오지 마요. 찾아와도 내가 못 만나게 할 거예요."

송이의 단단한 어깃장에 대호 씨 표정이 굳어졌다. 기왕에 시작한 것 확실하게 하는 게 좋을 것 같아서 덧붙였다.

"저도, 아저씨가 무지 싫다고요."

대호 씨가 끼어들면 엄마와 나의 평화가 깨어진다고요, 이쯤에서 끝내는 게 아저씨를 위해서도 좋아요. 우리 엄마 찐 독기가 얼마나 무서운 줄 아세요? 핏물 흐르는 붉은 고기를 잘근잘근 씹는다고요. 송이는 튀어나오는 거친 말들을 어금니로 꾹 누르며 대호 씨를 쏘아봤다. 대호 씨가 그런 송이를 쳐다보며 맥없이 웃었다. 아이 씨, 사람 속 뒤집어 놓고 왜 징그럽게 웃고 난리야. 이 상쾌하게 눈 쌓인 날, 이게 뭐냐고! 송이가 찬바람을 일으키며 쌩 돌아서서 뛰었다. 머리 위로 풀풀 날리는 눈가루를 맞으며.

다음 날, 엄마는 잠이 들었고 송이는 엄마 소변 팩을 갈아 끼우고 있었다. 누군가가 송이 등 뒤로 다가오더니 빠르게 엄마를 스캔했다. 데칼코마니였다.

송이는 침대 바깥으로 나온 엄마 팔을 올려준 후 여자의 손짓에 따라 나갔다. 왜 따라 나가지, 그냥 돌아설까 망설이는데 여자가 확인하듯 뒤돌아봤다. 기웃대던 여자가 휴게실을 발견하고 들어갔다. 여자가 먼저 소파에 앉으며 손바닥으로 옆에 앉으라는 시늉을 했다. 송이는 고개를 저으며 버티고 서서 내려다보았다.

"엄마가 많이 다쳤네. 어쩌니?"

고양이 쥐 생각하지 말고 찾아온 용건만 말해요, 송이는 데칼코마니를 보기만 해도 기분이 나빠서 눈꼬리를 올렸다.

"음, 대호가 이걸 갖다주라고 해서."

여자가 다리를 꼬며 흰 봉투를 내밀었다.

"맛있는 것 사 먹으래. 엄마 간호하느라 힘들겠다. 다른 가족은 없니?"

데칼코마니가 송이의 싸한 눈길을 받아치며 은근슬쩍 호구조사에 들어갔다.

"대답해야 해요?"

송이가 까칠하게 되묻자 여자가 놀란 듯 눈을 치떴다. 송이도 미간을 좁히며 시선을 피하지 않았다. 흔들리지 않고 고정된 눈동자가 기싸움의 기본이니까.

"어 뭐, 그냥. 학생이 힘들 것 같아서."

여자가 슬그머니 눈길을 내리며 봉투를 다시 내밀었다.

"저, 이런 거 필요 없어요."

송이가 차갑게 한마디 하고 그대로 돌아섰다.

"얘, 잠깐만……."

여자가 급히 불러 세웠다.

"왜요?"

송이의 싸늘한 목소리가 냉기를 더했다.

"저, 학생. 지금 엄마 몸도 저런데 내가 이런 말 하기는 미안하지만……. 그래, 학생도 내 말 알아들을 수 있을 것 같으니 솔직하게 말할게. 학생 엄마와 우리 동생이 사귀나 본데, 나도 그렇지만 우리 부모님도 말이 안 된다고 펄쩍 뛰어. 우리 대호는 총각인데 어떻게……."

애까지 딸린 여자랑 결혼할 수 있느냐는 말을 하려는 것이다.

"아줌마, 그 말은 대호 씨한테 가서 해요. 대호 씨가 우리 엄마를 쫓아다닌다고요."

순간, 여자의 눈빛이 흔들렸다.

"그 녀석이 제정신이 아니어서 그래. 학생, 부탁이야. 우리 대호가 찾아오면 가라고 좀 해주라. 될 일을 해야지, 걔가 천지도 모르고 순진해 빠져서는."

불룩한 양 볼을 실룩거리며 쳐다보는 여자의 눈빛이 제법 간절했다.

"저도 아줌마 동생, 엄청 싫거든요."

느끼하고 징그럽고, 뻔뻔하고……. 속에서 말이 철철 흘러넘쳤지만 결정적인 한 타가 필요했다.

"알았지? 학생 부탁해!"

여자가 벌떡 일어서며 손이라도 잡고 흔들 기세였다. 송이는 뒤로 한 발 물러섰다. 심장이 쿵쾅댔다. 두 눈에 힘을 빡 줬다. 드디어 한 방 날릴 용기가 생겼다.

"아줌마, 대호 씨 정말 재수 없어요. 말리고 싶으면 아줌마가 말려요. 그리고 아줌마, 우리 엄마, 아줌마한테 무슨 년 소릴 들을 사람 아니거든요. 우리 엄마 함부로 욕한 것 사과하세요."

그렇지, 한송이, 똑 부러지게 잘한다. 스스로를 응원하며 배에 힘을 주었다.

"내가 언제?"

저 불손한 오리발, 절대 물러설 수 없었다.

"아줌마가 우리 엄마 보고 무슨 년이라고 욕했잖아요. 사과하시라고요!"

송이가 소리를 빽 지르자, 휴게실에 있던 사람들의 시선이 몰렸다.

"얘가, 무슨 소릴……."

"빨리 사과하세요!"

송이가 두 눈에 레이저를 쏘아대며 의기양양하게 외쳤다. 여자의 얼굴이 벌겋게 달아올랐다.

"대호 이놈의 자식, 별별 소리를 다 일러바치고. 내가 이 녀석을 당장……."

얼떨결에 자기가 한 말을 실토한 여자가 주먹을 부르르 떨며 도망치듯 밖으로 나갔다. 송이는 그녀의 뒤통수를 향해 한 번 더 어깃장을 놓았다.

"사과하지 않으면 가만 안 있을 거예요."

한송이의 압승!

여자와 한판 후, 복도를 걸어오며 생각해 보니 속이 더 상했다. 데칼코마니는 너희 엄마 김혜경은 대호 씨에겐 자격 미달이니 알아서 꺼져주라는 경고성 방문을 한 것이었다. 한마디로 대호 씨가 연상에다 애 딸린 여자의 남자가 될 확률이 희박하다는 뜻을 전한 것이다. 웃기는 얘기다. 대호 씨 부모, 누나, 아무리 혈연공동체라고 해도 남의 인생에 이렇게 끼어들면 안 될 것 같은데. 그래, 차라리 데칼코마니와 대호 씨 부모가 더 강력하게 반대하면 좋을 것 같기도 했다. 그러나 다른 한편으로는 은근, 자존심이 상하기도 했다. 송이가 반대할 때는 몰랐는데 엉뚱하게 대호 씨 가족의 반대가 들어오다니 열패감마저 들었다.

왜 연상의 여인은 안 돼? 유명 축구 선수도, 연예인들도 연상의 여인과 잘만 살던데. 애 딸린 여자, 그게 뭐 어때서? 당장 결혼할 것도 아니고 그냥 남친, 여친으로 사귀는데 무슨 문제? 어쨌거나 송이는 데칼코마니와 대호 씨 부모님을 만나게 된다면 단단히 한마디 해주고 싶었다. 당신들이 반대할 만큼 우리 엄마 초라한 사람, 아니라고. 됐다 그래요. 미친…….

병실로 돌아온 송이는 엄마의 파리한 얼굴을 가만히 내려다보았다. 눈가에 잔주름이 자글거리고 입술에 거스러미가 허옇게 일었다. 귀여운 보닛을 쓰고 활짝 웃던 꽃아줌마가 이렇게 누워 있다니 마음이 아팠다.

"송이야."

엄마가 눈을 감은 채 작은 소리로 불렀다.

"엄마. 왜? 뭐 해줄까?"

"너 집에 가. 학원 너무 많이 빠지면 안 돼."

"내가 알아서 할게. 걱정 마."

"아니야. 할머니한테 전화해서 간병인 보내달라고 해."

엄마의 입술 안쪽에 아직도 작은 피멍이 보였다. 얼마나 아프면 저렇게 피멍이 들도록 입술을 깨물었을까?

"빨리 할머니한테 전화해."

엄마가 재촉했다. 그때, 뇌리를 스치는 고얀 생각. 나 때문에 대호 씨가 못 올까 봐 그러나? 에이, 그건 아닐 거야. 내가 걱정되어서 그런 거야, 생각을 고쳐먹었지만 말은 엉뚱하게 나왔다.

"엄마, 대호 씨 보고 싶어? 내가 대호 씨 싫어하니까 나한테 얘기하기 싫은 거지? 또 대호 씨와 데칼코마니가 불쑥 찾아오면 어떻게 해?"

"송이가 대호 씨 싫어하잖아."

동문서답이다.

"치이……. 엄마, 남자들은 다 이기적이래. 마더 콤플렉스. 엄마 같은 여자, 누나 같은 여자한테 의지하려고만 한대. 잘해주면 헤헤거리고, 못해주면 삐쳐서 나가떨어지고."

여전히 말 없음으로 무반응. 엄마와 딸, 이 지구에서 둘밖에 없는 모녀가 남자 때문에 서로 터놓고 말도 못 하는 사이가 되었다.

어떻게 해야 할까? 어쨌거나 엄마가 대호 씨와 찢어져야 답이 나온다. 엄마가 결혼을 한다면 모든 게 엉망진창이 될 것이다. 물론 부모가 재혼을 해서 더 행복하게 살고 있는 아이들도 있을 수 있다. 하지만 송이와 엄마의 생활은 이미 잘 세팅된 상태다. 둘이 살아가는 데 아무런 문제도 부족함도 없다. 그런데 그걸 다 허물고 뭔가를 다시 시작해야 한다면? 생각만으로도 맥이 빠졌다. 왜 이런 송이의 생각을 엄마는 귀담아 들으려 하지 않을까? 이렇게 불안을 느끼는 이혼 가정의 아이들을 위한 재혼 금지법은 없을까?

개털보 때는 어떻게 해야 할지 몰라서 무작정 참기만 했다. 그렇지만 지금은 아니다, 참으면 안 된다. 두 번 다시 엄마의 남자 때문에 울진 않을 거다. 한동안 힘들게 싸워야 하고, 서로 상처를 입을 수도 있다. 하지만 막을 때까진 막아야 한다. 이것이 지금, 송이의 절박한 마음이었다.

엄마가 깁스를 풀었다. 당분간 척추보조기를 하고 통원치료를 받아야 하지만 주말쯤 퇴원을 해도 된다고 했다. 엄마가 물리치료실에 간 후, 음식을 싸들고 병원에 온 할머니와 바깥바람을 쐬러 나왔다.

"할머니 가게는?"

"내가 없어도 지배인과 주방장이 알아서 잘 해. 혜경이 입원해 있는 동안 직원들이 잘해주어서 고마워. 이번 설엔 보너스를 넉넉히 챙겨줘야겠어. 장사는 사람을 잘 만나야 돼. 직원들이 속 썩이면 대책이 없거든."

할머니가 송이의 옆머리를 귀에 꽂아주며 웃었다. 할머니 얼굴은 언제 봐도 곱고 반짝반짝 윤이 났다. 할머니는 강남 유명한 피부과에서 관리를 받는데 엄마는 돈 벌어서 그런 데 다 쓴다고 늘 마뜩잖아 했다.

"할머니, 엄마가 고 3 때 할아버지가 돌아가셨다고 했지. 심장마비라고 했나? 아, 우리 엄마 많이 슬펐겠다."

"그럼. 우리 혜경이, 많이 힘들어했지. 수능을 코앞에 두고 아빠를 잃었으니. 그런데 난 내 슬픔에 빠져서 딸을 돌볼 생각도 못 했어. 네 엄마가 그래서 날 싫어하잖아. 엄마 노릇 못 했다고."

엄마는 할머니를 보고 당신밖에 모르는, 모정이라고는 눈곱만큼도 없는 고약한 노인네라고 했다. 차라리 자상한 옆집 홍 이모님이 더 좋을 때가 있다고도 했다. 엄마가 그러거나 말거나 할머니는 자신의 삶을 빛나게 살고 있었다. 멋진 고급 차를 타고, 명품 옷을 입고 얼굴과 몸매 관리에 철저하다. 그래서 모르는 사람들은 할머니가 엄마의 언니인 줄 안다. 광석 원장도 홍 이모님도 처음엔 당연히 언니라고 생각했단다. 할머니 삶의 철학은 부모자식이라도 각자의 삶의 방식에 대해선 노 터치, 그리고 자신의 삶은 스스로 책임져야 한다는 거다.

"할머니는 엄마가 그 남자랑 사귀는 게 말이 된다고 생각해?"

"말이 안 될 건 뭐야?"

오히려 할머니가 눈을 동그랗게 뜨고 되물었다.

"아, 그러지 말고 엄마 좀 말려봐. 난 그 인간, 싫다고."

송이의 볼멘소리에 할머니가 조곤조곤 말했다.

"송이야, 혜경이 인생에 대해선 할머니도 뭐라 말 못 해. 어릴 때부터 스스로 생각하고 선택하고 책임져야 한다고 가르쳤으니까. 대학에 갈 때도, 네 아빠와 결혼할 때도 다 혜경이 뜻에 맡겼어. 그런데 이제 와서 연애에 간섭할 순 없잖아."

"할머니 딸인데 왜 못 해?"

송이가 삐죽 입을 내밀자 할머니 눈빛이 깊어졌다.

"송이야, 할머니는 참 바보 같았어. 결혼하기 전에는 부모님 밑에서 귀하게 자랐고, 시집와서는 네 할아버지 그늘에서 아무 고생 없이 살았어. 그런데 네 할아버지가 갑자기 세상을 떠났으니 어떻게 되었겠니? 온통 세상이 다 무너진 것 같았지. 그러다가 어느 날 울고 있는 혜경이를 보고 정신을 차리긴 했는데 그때, 우리 딸은 나처럼 살지 않게 해야겠다는 다짐을 했어. 그 후 혜경이를 강하게 몰아붙이며 키웠어. 혜경이가 많이 섭섭했을 거야. 그래도 우리 혜경이, 이렇게 송이 키우면서 꿋꿋하게 잘 살아가는 것을 보면 내가 잘못한 것 같진 같아."

할머니가 송이 손을 꼭꼭 쥐어주며 말을 이었다.

"할머니는 우리 송이도 자기 삶을 씩씩하게 잘 살아갔으면 좋겠어. 송이야, 너도 언젠가는 엄마한테서 독립할 때가 올 거야. 그때를 대비해서 엄마한테서 조금씩 분리하는 연습을 해야 돼. 부모 자식이라도 너무 엉켜 있으면 안 좋아. 쾌적한 거리감을 두고 제 몫의 삶을 당당하게 살아가는 것, 그게 서로를 위하는 거야."

할머니의 충고에 송이가 뾰로통해져서 톡 쏘았다.

"할머니, 난 아직 중학생이고 미성년자야. 엄마가 필요하단 말이야."

"당장은 못 하지만 마음의 준비는 미리 해야 된다는 거지. 그리고 송이가 엄마를 필요로 하듯, 엄마도 필요한 사람이 있는 거야."

"아니야, 엄마는 나만 있으면 된다고 했어."

할머니가 입술을 쏙 빼물고 쳐다보는 송이 양 볼을 빙그레 웃으며 감싸주고 일어섰다.

송이가 병실에 올라가니 엄마가 물리치료를 받고 돌아와 있었다.

"아고고고~ 뼈가 굳었는지 고것 움직였다고 죽을 것 같아. 나는 아파 죽겠는데 물리치료사가 엄살이래. 진짜 자기도 한 번 아파보라지."

할머니가 엄마 팔다리를 가만가만 쓸어줬다. 그 모습이 보기 좋아서 송이가 엄마와 할머니 얼굴을 번갈아 보며 장난스럽게 말했다.

"레알, 완전 복제판. 할머니 얼굴에 엄마가, 엄마 얼굴에 할머니가 그대로 들어 있어. 울 엄마 나이가 들수록 점점 더 할머니 닮아가는 것 같아."

송이가 호호대자 엄마가 단박에 눈을 흘기며 반박했다.

"아니야, 난 우리 아빠 닮았어."

"맞아. 얜, 지 아빠 닮았어."

할머니가 곧바로 인정했다.

음~ 음~ 썼~다 지운다~ 널~ 그리며~

할머니가 사과를 깎으며 작은 소리로 김광석 노래를 불렀다.

"김광석, 참 노래 잘했는데. 통기타 치면서 노래할 때 보면 정말 멋있었어. 노랫말도 가슴에 절절하게 와닿고."

할머니가 깎은 사과 한쪽을 엄마 입에 넣어주며 가수 김광석을 회상했다.

"엄마, 아빠도 김광석 좋아했다고 했지?"

"응. 성수 오빠 김광석 노래 잘 불렀지. 축제 때 기타 치면서 김광석 노래 부르는데 내가 뻑, 갔어."

성수 오빠, 좋다. 김혜경 씨는 남편을 성수 오빠라고 불렀다. 한성수 오빠, 한성수 오빠의 아내인 김혜경 씨, 그리고 그들의 딸인 한송이. 같이 살았더라면 셋이서 김광석 노래를 불렀을 텐데, 아쉬웠다. 송이도 김광석 노래를 잘 불렀다. 초등학교 때도 지난해 학교 축제 때도 김광석 노래를 불러서 꽤 알려졌다. 초등학교 때는 김광석의 〈바람이 불어오는 곳〉, 지난해에는 〈나무〉를 불렀다. 송이를 잘 모르는 애들도 김광석, 김광석 부른 애, 라고 하면 다 알 정도였다. 할머니와 엄마 아빠, 김광석 찐 팬인 광석 원장, "나도 김광석 팬이야." 하던 홍 이모님. 공교롭게도 모두들 가수 김광석을 좋아했다. 안드로메다에서 온 김준서만 제외하고.

할머니가 또 사과 한쪽을 넣어주자 엄마가 도리질을 하면서 인상을 썼다. 그래도 엄마를 내려다보는 할머니 얼굴은 백합처럼 환했다. 송이가 둘을 번갈아보며 피식댔다.

"할머니, 이렇게 큰 딸도 그렇게 사랑스러워?"

"그럼, 사랑스럽지, 세상에 하나밖에 없는 소중한 내 딸인데."

할머니가 엄마 이마에 내려온 머리를 쓸어 올리며 흐뭇해했다. 엄마가 할머니를 올려다보며 빙긋 웃었다. 송이도 양손의 엄지와 검지로 사진 찍는 흉내를 내며 감동을 발했다.

"좋다, 좋아. 한 폭의 그림이네. 제목은 엄마와 딸이 있는 풍경."

엄마가 민망한지 창문을 가리켰다. 송이가 창문을 열었다. 찬 공기가 훅, 밀고 들어왔다. 엄마가 창밖을 내다보았다. 파란 하늘에 띠처럼 둘러 있던 연회색 구름이 서서히 풀어지고 있었다. 하늘을 응시하던 엄마가 아련한 눈빛으로 말했다.

"우리 아빠 보고 싶다! 아빠는 언제나 날 부를 때 이쁜 딸, 우리 이쁜 딸, 했는데."

엄마 눈가가 금세 촉촉해졌다.

"그래, 그랬지. 고등학생이 된 딸을 아가처럼……. 그 양반 참, 딸 바보였는데……."

할머니 목소리도 젖어들었다.

"아빠는 언제나 내 옆에 있어. 이번에도 그랬어. 안개가 자욱한 길을 혼자서 걸어가고 있는데 아빠가 불렀어. 혜경아, 혜경아. 내가 아빠, 하고 돌아봤는데 아빠는 보이지 않고 소리만 들리는 거야. 혜경아, 빨리 돌아가. 송이가 기다리고 있어. 빨리 돌아가. 아빠 소리에 눈을 번쩍 떠보니 병원인 거야."

엄마가 송이 손을 잡으며 희미하게 웃었다. 아, 엄마 마음속에 있는 할아버지가 엄마를 살렸구나! 엄마도 아빠를 그리워하는 딸이었구나!

"할아버지 고맙습니다. 엄마를 돌려보내 줘서."

송이가 벌떡 일어나 배꼽인사를 하고 엄마를 안았다. 엄마가 송이 가슴에 얼굴을 비볐다. 눈물을 찍어내던 할머니가 빙그레 웃었다.

"그 양반, 내 얘긴 안 하디?"

할머니가 가랑잎처럼 쓸쓸하게 물었다.

"뭐, 엄마는 잘 살고 있으니까……. 그리고 할머니 좋아하는 송이가 있으니까 괜찮대."

엄마가 눈을 살짝 흘겼다. 아, 두 여인이 왜 이렇게 사랑스럽냐, 송이가 팔을 올려 할머니 목을 안았다.

"할머니이이~ 완전 좋다. 엄마랑 할머니랑 이렇게 웃으며 이야기하니까. 그렇지, 할머니? 참, 엄마, 할머니한테 고맙다고 해. 엄마 사고 난 날, 할머니가 얼마나 슬퍼했는지……. 그리고 할머니가 이렇게 음식 싸들고 달려오시잖아. 할머니 없었음 나 혼자 어떡할 뻔했어."

말을 해놓고 보니 속에서 뜨거운 것이 울컥 올라왔다.

"엄마, 고마워. 애 많이 썼어요."

엄마 눈에 물기가 핑글 돌았다.

"그래, 나도 고맙다. 네가 잘 견뎌줘서. 이만한 게 얼마나 다행이고 감사한지……."

할머니가 엄마 손을 포갰다. 서로를 바라보는 눈빛이 순했다.

그동안 엄마는 걸핏하면 할머니를 원망하며 대들었다. 할머니가 잘못했다, 미안하다고 해도 엄마는 울고불고 난리를 피웠다. 송이는 중간에서 이러지도 저러지도 못하고 속만 태웠다. 늘 똑같은 레퍼토리로 원망하는 엄마, 일방적으로 당하고도 참고 있는 할머니. 어떻게 풀어야 할지 모를, 엉켜버린 실타래 같은 모녀였다.

"아고, 우리 김혜경 씨, 철들었네."

송이가 빙글거리며 엄마를 놀렸다. 확실히 할머니를 대하는 엄마 태도가 예전보다 공손하고 살가워졌다. 이번 기회에 엄마 속에 엉켜 있는 것들이 술술 이렇게 풀렸으면 좋겠다. 그렇게 된다면 이 병실에서 펼쳐진 반전 드라마도 현실적으로 성공한 거다.

"우리 착한 송이, 이번에 엄마 간호하는 것 보고 할머니가 깜짝 놀랐다. 언제 이만큼 컸나 하고."

할머니가 송이 머리를 쓰다듬었다. 할머니, 엄마, 송이. 앞으로도 이렇게 서로 사랑하면서 건강하고 행복하게 살면 좋겠다는 생각을 하는데 또 대호 씨가 떠올랐다. 어쨌거나 그 인간을 막아야 한다. 개털보 때도 그랬지만 대호 씨와 엄마 연애도 분명 새드 엔딩으로 끝날 거다. 대호 씨 부모님과 데칼코마니의 반대, 두 사람의 나이 차, 미혼남과 돌싱녀, 도저히 각이 잡히지 않는 두 사람이다. 그러니까 엄마 연애는 이쯤에서 끝내는 게 맞다. 할아버지, 엄마를 송이 옆으로 돌려보냈다는 할아버지, 이제 대호 씨에게서 엄마 마음을 돌려보내 주세요, 송이가 입술을 달싹이며 속엣말을 했다. 모처럼의 훈훈한 분위기에서도 엄마 연애를 걱정하고 있는 한송이. 하지만 자꾸 신경이 쓰이는 건 어쩔 수 없었다.

기린은 외로워

11

또 함박눈이다.

"엄마, 봐봐. 퇴원의 피날레로 함박눈이 오시네. 사랑하는 어머니, 퇴원을 축하합니다."

아침부터 송이 목소리가 맑고 드높았다.

"깨발랄 수다, 한송이가 다시 돌아왔네. 송이도 축하해, 그동안 고생 많았어."

모녀 사이에 이 무슨 흐뭇한 인사냐, 송이가 없으면 심심해서 어쩌냐, 집에 가도 우리를 잊지 말아줘, 송이 너, 아줌마 딸 한다고 약속했다. 병실 식구들도 한마디씩 보탰다.

"자, 우선 함박눈부터 감상하시고. 사랑하는 동포들도 하루

빨리 퇴원의 기쁨을 맛보시길 바랍니다."

송이가 창문을 활짝 열어젖히며 너스레를 떨었다.

꼬박 한 달 보름 만에 집으로 돌아간다. 엄마는 가슴에 얇은 보조기를 착용했지만 겉으론 표가 나지 않았다.

"자, 다 끝났다. 이제 가자."

퇴원 수속을 마친 할머니가 짐을 챙겨 들었다. 송이와 엄마는 병실 식구들과 일일이 손을 잡으며 인사를 했다.

할머니 자동차를 타고 집으로 돌아오는 길, 엄마와 송이는 차창을 내다보며 탄성을 질렀다. 짙은 하늘도, 멀리 보이는 산도 건물도 도로의 자동차들도, 모든 게 새롭게 느껴졌다. 모두 행복해져라~! 키 작은 나뭇가지에서 폴폴 날아다니는 새들도, 눈길을 걸어가는 사람들도, 오늘은 모두 행복했으면 좋겠다.

다시 평화로운 일상이 시작되었다.

엄마는 가만가만 한송이꽃집의 오픈 준비를 했고 송이도 학원 특강에 재등록을 했다. 이제 다음 주면 한송이꽃집은 문을 열고 또다시 예전으로 돌아갈 것이다. 잠깐씩 홍 이모님의 넋두리를 들어주고, 발라당 배를 까뒤집고 골골대는 팔자에게 츄르를 주고, 김광석헤어에서 김광석 노래를 듣고, 준서와 학원에 갈 것이다. 이 평범한 일상이 얼마나 큰 행복인지 송이는 이제 알 것 같았다.

"너무 무리하지 마. 그러다 또 아프면 어떡해?"

"괜찮아, 의사 선생님이 이젠 많이 걷고 운동도 좀 하래. 그래야 안 쓰던 관절이 유연해진대."

바지런한 혜경 씨, 한참을 가만히 있지 않고 가게와 집 안을 닦고 쓸었다. 돌아오는 월요일은 새벽 장 가서 꽃을 들인다고 콧노래를 불렀다.

"욕심 부리지 말고 천천히 해."

"송이 너, 이젠 엄마 보호자 아니다."

"나 보호자 짤린 거야?"

"아니, 해방된 거지. 그런데 송이야, 나 가게 문 열기 전에 동물원 한번 가고 싶어."

"웬 동물원?"

"응, 기린 보려고. 티브이에서 보니까 대공원 동물원, 동물들이 죄다 실내 우리에 있더라. 겨울에 가야 기린의 맑고 큰 눈을 가까이서 볼 수 있대."

"괜찮겠어?"

"너도 들었잖아. 의사가 엄마 뼈 단단히 붙었다고 하던 말."

"알았어."

그동안 병원에 갇혀 지냈으니 바깥나들이를 하는 것도 좋을 것 같았다.

토요일 아침, 송이는 대충 눈곱을 떼고 롱패딩에 목도리를 걸쳤지만 엄마는 화장을 하고 옷을 차려입었다. 엄마와 송이는 어깨를 나란히 하고 큰길로 나왔다. 지난밤에 내린 눈이 나무에도 도로에도 곳곳에 쌓여 있었다. 올해는 유난히 눈이 많이 오는 것 같았다. 엄마는 나뭇가지에서 떨어지는 눈송이를 손바닥에 받으며 즐거워했다. 큰길로 나와 건널목 앞에서 신호를 기다리는데 엄마가 손을 흔들었다.

"뭐야, 같이 가?"

대호 씨가 멀쩡한 두 다리로 건너편에 서 있었다.

"응, 대호 씨 차로."

"그럼 난 안 가. 둘이 갔다 와."

패딩 지퍼를 올리며 돌아서는 송이 눈초리가 쌩했다.

"왜, 엄마랑 같이 간다고 했잖아."

엄마가 이맛살을 찌푸리며 볼멘 소리를 했다.

"대호 씨랑 같이 간다고 말 안 했잖아."

"대호 씨가 셋이 같이 간다고 얼마나 좋아했는데. 점심도 예약해 놨대, 가자."

"그럼 미리 얘기를 해줬어야지."

"서프라이즈 하려고 그랬지."

모녀가 옥신각신하는 사이, 신호등이 녹색으로 바뀌었다. 송이가 퉁퉁대며 집 쪽으로 걸음을 옮기는데 우회전을 하던 자동차 창문이 스르륵 열렸다.

"송이, 어디 가?"

광석 원장이 창문으로 얼굴을 내밀며 물었다.

"몰라, 동물원 간대."

"같이 가. 신호 기다리면서 봤는데, 엄마 난처하겠다. 아직 몸도 안 좋잖아."

"짜증 나. 저 차 타기 싫어."

"그럼 혜경 씨 차로 가."

"셋이서 같이 타는 게 싫다고!"

"그래, 그럼, 전철 타고 갔다 와. 내가 얘기해 볼게."

광석 원장이 골목 한쪽에 주차를 하고, 건너편을 향해 손 신호를 보냈다. 대호 씨가 건널목을 건너왔다. 광석 원장이 그에게 뭔가를 이야기했다. 대호 씨가 다시 건너가 도로에 세워놨던 차를 몰고 사라졌다. 엄마가 대호 씨 전화를 받은 후 송이 팔을 붙잡으며 짜증을 냈다.

"왜 그리 까탈스러워. 그냥 저 차 타고 가면 좋겠구만."

왜 하필 저 인간이랑 같이 가냐고. 그냥 가지 말고 집으로 들어갈까? 망설이는 사이, 금방 대호 씨가 나타났다.

"대호 씨, 광석 원장 말처럼 이런 날 차 가지고 가면 주차하기 힘들 거야. 나도 오랜만에 지하철 타고 싶어."

엄마가 시침을 뚝 떼고 웃었다. 방금 전 송이에게 향하던 그 쌩한 바람이 금세 살랄라, 훈풍으로 변했다.

"혜경 씨 아직 몸도 안 좋을 텐데 지하철 타도 되겠어요?"

"그럼. 그동안 얼마나 답답했는데. 지하철 타고 가면서 사람들도 구경하고 좋잖아."

"그래도 조심해야 돼요."

입을 빼물고 서 있는 송이는 안중에도 없었다. 엄마가 슬쩍 송이 손을 잡았다. 송이가 엄마 손을 뿌리치고 삐딱삐딱 계단을 내려갔다. 지하철에 올라 셋이 나란히 앉았다. 송이는 휴대폰에 코 박고, 둘은 시시한 이야기를 속닥거렸다. 준서에게 전화가 왔다.

"송이, 어디야?"

방금 일어났는지 준서 목소리가 잠겨 있었다.

"야, 톡으로 해. 전화 말고."

빽, 소리를 지르며 준서에게 화풀이를 했다. 이 부조리한 트라이앵글의 한 면에 쪼르륵 앉아 있다는 생각만으로도 화가 치밀었다. 어떻게 이 골치 아픈 조합을 깨뜨릴 수 있을까 생각하다 보니 벌써 대공원역이었다.

지하철 계단을 올라오니 길 양쪽으로 하얀 도화지를 덮어 놓은 것 같은 눈 세상이었다. 하얗고 매끈한 눈밭에 따사로운 햇볕이 부서지고 나뭇가지에는 영롱한 눈꽃이 반짝이고 있었다. 아직 이른 시간인데도 눈 위를 뛰고 뒹굴며 깔깔대는 사람들을 물끄러미 바라보고 있는데 엄마가 눈밭으로 뛰어들며 엉거주춤, 어설프게 눈을 뭉쳤다.

"자, 송이야 받아랏!"

송이보다 대호 씨가 먼저 뛰어가 날아오는 눈덩이를 받았다. 이번에는 대호 씨가 눈을 뭉쳐서 송이에게 던졌다.

"자, 송이야, 받앗!"

재미없거들랑요, 송이가 뜨악하자 그가 다시 눈을 뭉쳐 엄마한테 던졌다. 신났네, 신났어. 두 사람의 철부지 코스프레가 한심해서 헛웃음이 났다. 뚱한 얼굴로 두 사람을 바라보던 송이가 툴툴대며 앞서 걸어갔다. 엄마와 대호 씨가 눈을 털며 뛰어왔다. 심통이 난 송이가 옆에 온 엄마 옆구리를 팔꿈치로 쿡 찔렀다.

"대호 씨가 보고 싶은 거야, 기린이 보고 싶은 거야?"

담뿍 웃음을 담은 엄마 얼굴이 발그레 빛났다.

"기린."

엄마의 웃음이 천진한 아이 같았다.

"왜?"

"눈이 맑고 목이 길잖아."

"그게 왜?"

"외롭고 슬퍼 보여서."

기린의 눈과 목이 어떻게 외롭고 슬픈 것과 연결될 수 있을까?

겨울이라 운행을 하지 않는지 스카이리프트가 공중에 정지되어 있어서 좀 더 걸어가 코끼리열차를 탔다.

동물원 역사존으로 들어가자 입구 통유리 창으로 목각 인형처럼 서 있는 기린 네 마리가 보였다. 한 마리는 뒤에 멀뚱거리며 서 있고 세 마리는 천장에 걸어놓은 먹이를 혀로 핥고 있었다. 통유리창 앞으로 다가서자 키 큰 기린이 환영하듯 고개를 숙이며 얼굴을 내밀었다. 긴 속눈썹 밑으로 보이는 검은 두 눈은 물방울을 담아놓은 듯 투명했지만 무표정했다. 그 옆에 서서 멍하니 내다보고 있는 세 마리도 무표정하긴 마찬가지였다. 전혀 감정을 담지 않은 것처럼, 아니 모든 걸 초월한 것처럼. 그러고 보니 엄마 말대로 뭔가 외롭고 슬퍼 보이기도 했다.

뒤따라 들어온 엄마가 빨개진 두 볼을 비비며 유리창 가까이에 얼굴을 들이대고 상기된 목소리로 말했다.

"와, 이렇게 가까이 볼 수 있다니. 역시 동물원은 겨울에 와야 한다는 말이 맞았어."

대호 씨는 유리창에 붙어 서서 기린에게 눈길을 떼지 않는 엄마를 바라보며 빙그레 미소 지었다.

"혜경 씬, 정말 기린 좋아하나 봐요."

"응, 대호 씨. 저 긴 속눈썹과 커다란 눈 좀 봐. 정말 아름답지. 투명한 눈망울은 선하고 착하게 보이고."

"그렇네요. 맑은 눈동자 안에 투명한 공기가 가득 찬 것 같기도 해요."

뭐야, 저 동굴 보이스로 갑자기 시인 코스프레라도 하겠다는 거야? 송이가 못마땅한 표정을 지으며 고개를 저었다.

"그런데 대호 씨. 가만히 보고 있으니 저 맑은 눈망울이 너무 애처롭고 애틋해 보여. 슬프기도 하고 아름답기도 하고."

"예? 그게 무슨……."

갑자기 센티멘털해진 엄마가 착 가라앉은 목소리로 나직이 말했다. 대호 씨가 고개를 모로 틀어 엄마를 바라보며 갸우뚱했다. 엄마가 대호 씨의 두툼한 손을 잡더니 유리창에 갖다 대었다.

"저 커다란 눈망울에서 원초적 고향인 초원을 잃은 슬픔 같은 게 느껴지지 않아? 상실의 고독과 외로움도 함께."

"아. 정말 저 눈 속에 그런 감정이 다 들어 있는 것 같아요."

흥, 아주 죽이 맞아서 통속 드라마를 써요. 엄마 말에 지체없이 오글거리게 반응하는 대호 씨에게 송이는 비웃음을 날렸다.

"대호 씨, 내 눈이 저 기린 눈을 닮은 것 같지 않아?"

흡, 송이가 숨을 멈췄다. 대호 씨를 쳐다보는 엄마 두 눈이 금방이라도 물방울을 쏟아낼 것처럼 촉촉해졌다. 대호 씨가 어깨를 구부리고 오랫동안 엄마 눈을 응시하며 오묘한 표정을 지었다. 송이는 엄마가 저 여리여리한 모습으로 대호 씨의 가슴에 그대로 쓰러질 수도 있을 것 같아, 가슴이 조마조마했다.

"맞아요, 혜경 씨. 투명하고 맑는 두 눈이 기린과 닮았아요."

대호 씨가 엄마 한 손을 잡으며 환하게 웃었다. 뭐, 기린의 눈? 초원을 그리워하는 고독하고 외로운 눈? 기린아, 그렇게 외롭고 슬프니? 송이가 이죽대며 흥, 콧바람을 날리고 있는데 엄마가 새끼손가락으로 눈가를 찍어냈다. 어, 저건 또 무슨 시추에이션?

"병실에서 누워 있을 때, 티브이에 나오는 기린을 보았어. 그 순간 나도 모르게 가슴이 아릿해지면서 눈물이 나더라. 슬픔과 외로움을 뭉쳐놓으면 저런 눈빛일 수가 있겠구나, 하는 생각이 들어서. 기린의 눈이 내 눈과 흡사한 것 같기도 하고……."

송이는 때아닌 엄마의 신파극이 창피해서 목덜미가 뜨끈해졌다. 대호 씨는 안타까운 표정으로 엄마 어깨를 두드리며 고개를 주억거렸다.

"혜경 씨, 많이 외로웠구나! 이젠 괜찮아요. 제가 외롭지 않게 지켜드릴게요."

진짜, 드라마 찍는 것도 아니고, 뭐냐고! 우리 엄마를 왜 자기가 지켜준대. 엄마 아플 때 간호도 해주고 이렇게 동물원도 따라와 준 딸은, 아무짝에도 쓸모없다는 말이네. 송이는 손끝에 맥이 탁 풀려서 그 자리에 주저앉고 싶었다.

"오늘 기린 보러 오길 잘한 것 같아. 기린을 보니 이 세상에서 나만 힘들게 살아가는 게 아니구나, 하는 생각이 들어. 초원의 꿈을 접고 이렇게 현실을 받아내며 살아내고 있는 기린도 있는데……. 어차피 우린, 본향을 잃어버리고 이 낯선 지구에 불시착한 무명성들이니까. 묵묵히 살아내야지. 프프픗~."

엄마가 한껏 고개를 젖혀 바람소리 같은 웃음을 공중에 뿌렸다.

"낯선 지구에 불시착한 무명성~ 와아, 정말 시적이네요."

"시적, 흐. 대호 씨, 대호 씨도 만만치 않은데. 그런데 대호 씨, 대호 씨 말처럼 투명한 공기를 가두고 있는 기린의 눈에서 어떤 카타르시스가 느껴지는 것 같지 않아? 어떤 평안, 마음의 정화 같은 것."

"허, 넘 어려운 말이라 잘 모르겠어요. 하지만 뭔가 감은 오는데요."

혜경 씨의 아무 말 대잔치에 연신 벙싯거리며 동조하는 저 느끼한 얼굴, 송이는 눈꼴이 시리고 속이 뒤틀렸다.

"동물원 가자고 해서 생각 없이 따라왔는데 혜경씨가 기뻐하는 것 보니 정말 잘 온 것 같아요. 다음에도 또 기린 보러 와요. 우리."

"나, 다음에 와도 이렇게 센티해질 것 같은데."

"좋아요, 혜경 씨 마음이 편안해진다면 전 다 좋아요. 우리 꼭 다시 와요, 송이도 같이."

푸푸푸, 아랫입술로 바람을 내뿜고 있는 송이와 눈빛이 마주치자 대호 씨가 급조하듯 송이 이름도 넣었다.

"치잇!"

됐거든요, 송이가 코웃음을 치며 돌아섰다.

그때, 제일 크고 짙은 무늬를 가진 기린이 이리저리 목을 흔들며 옆에 있는 기린의 엉덩이를 비볐다. 징그럽게 왜 저러지, 민망해하는 사이 키 큰 기린이 한 다리를 번쩍 들어서 엉덩이를 비비던 기린에게 올라타려고 버둥댔다. 갑작스런 기린의 뻘짓에 송이가 어, 어, 하며 뒷걸음질 쳤다.

엄마가 황급히 송이의 두 눈을 가렸다. 엄마 손가락 사이로 보이는 뻘짓 기린의 가랑이 사이에 붉은 막대기 같은 것이 뻗쳐 있었다. 엄마가 송이를 문 쪽으로 몰았다.

"송이야, 그만 가자."

"동물들은 봄에 짝짓기를 한다는데 쟤들은 계절을 잊었나?"

대호 씨가 중얼거리며 쩝, 소리를 냈다. 문밖까지 밀고 나온 엄마가 송이 눈에서 손을 떼며 물었다.

"송이야, 괜찮아?"

조금 전 눈물까지 찍어내던 엄마가 곧바로 현실맘으로 돌아와 송이 눈치를 살폈다.

"됐어."

송이가 눈을 흘겼다. 엄마가 패딩에 달린 모자를 씌워준 후, 양팔로 송이 어깨를 감쌌다. 대호 씨가 찬바람을 막아주려는 듯 엄마 어깨에 팔을 둘렀다. 송이는 저 미친 기린을 끌어내어 눈밭에 거꾸로 매달고 싶었다. 엄마 어깨에 얹힌 나쁜 손도 같이 묶어버리면 좋을 것 같았다. 이래저래 기린에 대한 환상도 깨어지고 대호 씨의 일거수일투족도 다 밉살스러워서 송이는 바닥을 탁탁 짓찧듯 걸었다. 아, 저 곰탱이를 태평양만큼 멀리 떨어져나가게 할 방법은 없을까?

"저기 카페 있다. 나, 커피 마시고 싶은데."

엄마가 대호 씨 팔을 툭 치며 말했다. 대호 씨가 두 발에 모터가 달린 듯 타다닥, 튀어나갔다. 금세 달려온 대호 씨가 엄마에게 아메리카노를, 송이에게 초코라테를 내밀며 말했다.

"날이 춥고 손님이 없어서 그런지 테이크아웃만 되더라고요."

어쩔 수 없이 셋이서 길가의 탁자에 앉았다. 엄마와 대호 씨는 연신 싱글벙글인데 송이는 눈앞에 보이는 겨울나무와 찬바람에 쓸려가는 눈가루마저도 짜증스럽게 보였다.

"송이야, 점심 먹으러 가자. 내가 맛집 검색해서 예약해 놨어."

대호 씨가 부드럽게 말했다. 하지만 잔뜩 심술이 난 송이는 망설임 없이 잘랐다.

"싫어요. 난 집에 갈 거야."

"야아, 한송이~."

"됐어!"

엄마 손을 뿌리치고 삐딱삐딱 걸었다.

"대호 씨, 우리 집 근처에 가서 먹자. 송이 좋아하는 돈가스 집 있거든."

엄마가 민망함을 감추며 어물쩍 둘러댔다. 송이는 대호 씨랑 밥 먹기 싫다고 깔끔하게 말하고 싶은데 엄마의 따가운 눈짓 때문에 참았다.

"송이야, 우리 지하철까지 달리기 할까?"

대호 씨의 말에 엄마가 자동 로봇처럼 가슴을 누르며 뛰어나갔다. 대호 씨가 프프프프, 웃음을 날리며 따라 뛰었다. 북극곰 한 마리가 눈 녹은 검은 아스팔트 위를 겅중겅중 내달리는 것 같았다. 비척비척 걸어가며 올려다보는 하늘이 고집스럽게 파래서 송이 가슴은 더 시큼시큼했다.

지하철에서 내려 계단을 올라오며 송이가 말했다.

"난 집에 갈 거야."

안색이 싹 변한 엄마가 곁눈으로 쏘아댔지만 송이도 야멸치게 말했다.

"셋이서 어색하게 먹는 것보다는 낫잖아."

머쓱해진 대호 씨가 일그러지는 엄마 얼굴을 보며 얼른 지갑을 열었다.

"그래, 송이 좋을 대로 해. 이걸로 맛있는 것 사 먹고."

송이가 고개를 저으며 쌩 돌아섰다. 엄마가 신경질적으로 대호 씨 손에 있는 지폐를 집어서 송이 주머니에 찔러주고는 보란 듯이 대호 씨의 팔짱을 꼈다. 송이 가슴으로 얼음 한 조각이 슴빽 들어왔다.

"미쳤어, 미쳤어. 창피하게 뭐야……."

송이가 바람 소리를 내며 둘의 옆을 지나갔다. 민망하고 분하고 약이 올랐다. 송이의 두 눈에 그렁그렁 물방울이 차올랐다.

김광석헤어가 쉬는 날이다. 광석 원장이 모처럼 송이를 근사한 브런치 카페로 초대했다. 카페에 들어서니 막 구워낸 고소한 빵 냄새가 진동했다.

광석 원장이 메뉴판을 짚어가며 거침없이 크림 스파게티와 치킨 샐러드를 주문했다. 연한 회색 줄무늬 니트 티에 깔끔한 네이비 카디건을 걸친 광석 원장의 오대오 가르마가 오늘은 좀 괜찮아 보였다. 주문한 음식이 나오자 준서가 "우와, 우와, 맛있겠다." 감탄사를 연발했다. 포크를 든 송이도 방긋 웃으며 고개를 숙여 고마움을 표했다.

"잘 먹겠습니다."

광석 원장이 양손을 벌리고 가슴을 내밀며 유쾌하게 말했다.

"맛있게 드시고 모자라면 얼마든지 또 드십시오."

송이가 돌돌 만 스파게티를 입안에 가득 넣고 광석 원장을 빤히 쳐다보았다.

"광석, 진짜 많이 변했어. 음, 백팔십 도 정도로 화악~."

"뭐가?"

"예전보다 엄청 좋은 아빠가 됐잖아. 준서를 위해 브레이크 타임도 만들고. 이런 카페에도 데려오고. 나도 깍두기로 끼워 주고."

송이가 티슈로 입가를 닦으며 엄지를 치켜세웠다.

"송이가 왜 깍두기야. 우린 좋은 친군데. 그런데 좋은 아빠? 준서도 그렇게 생각할까 몰라. 흐."

광석 원장이 눈을 찡긋하자 송이가 준서 옆구리를 주먹으로 툭 쳤다.

"야, 김준서. 너네 아빠 짱이지?"

포크로 면발을 감아 돌리던 준서가 곁눈질로 광석 원장을 흘끔 봤다. 그게 다였다. 그래도 광석 원장은 싱긋 웃었다. 저렇게 좋은 아빠가 예전에는 왜, 그랬을까? 준서는 준서 엄마 지희 씨의 껌딱지였다. 늘 지희 씨 옆에 붙어 있었다. 광석 원장은 준서 때문에 일을 못 한다고 화를 내며 야단을 쳤다. 나중에 준서가 아스퍼거 증후군이라는 것을 알게 되고도 갑자기

욱 화를 내거나 야단을 치기는 마찬가지였다. 지희 씨는 그런 남편 때문에 속상해서 많이 울었다. 지희 씨, 이젠 걱정 말아요. 광석이 잘하고 있으니까. 송이는 지희 씨 보라는 듯 다시 엄지를 쭉 내밀었다.

"광석은 정말 좋은 아빠야. 백퍼 인정."

"그니까, 진작 좋은 아빠가 될걸. 미안해. 아빠 맘 알지?"

광석 원장이 아들의 어깨를 어루만졌다.

"'미안해'에서 끝내. '아빠 맘 알지'는 묻지 말고. 준서가 아빠 맘을 어떻게 알아? 말하지 않으면 몰라. 속에 들어갔다 나온 것도 아닌데. 그러니까 이제부턴 이렇게 말로 표현해야 돼."

송이 말에 광석 원장이 콧날을 붉혔다. 병실에서 서로를 마주 보던 엄마와 할머니도 서로 마음을 표현하면서 뭔가 풀어졌다. 부모 자식이라도 말 안 하면 몰라, 송이는 속으로 가만히 말했다.

"송이도 고마워. 어릴 때부터 준서하고 잘 놀아주고 도와줘서. 내가 송이 은혜를 못 잊는다, 진짜!"

"됐어. 그런 건 고마운 게 아니야. 친구니까 당연한 거지."

송이의 시들한 대답에도 광석 원장은 가슴에 두 손을 모으고 고개를 숙였다.

"아, 쑥스럽게 왜 그래?"

송이가 얼굴을 붉히며 손을 내젓자 광석 원장이 얼른 말꼬리를 돌렸다.

“엄마가 집에 오니 좋지? 진짜, 운명은 재천在天이 아니라 재차在車라는 말이 맞는 것 같아. 놀러 갔다 오다 그런 사고를 당할 줄 누가 알았냐고. 그래도 그만하길 다행이지. 근데 어제 동물원 데이트 좋았어?”

“아, 몰라. 완전 웃겨. 둘이서 팔짱도 막 끼고.”

“그럴 수도 있지, 뭐. 좋아하면 어쩔 수 없잖아.”

“광석, 기린의 맑은 눈과 긴 목이 그렇게 외롭고 슬픈 거야? 혜경 씨, 눈물까지 흘리면서 완전 기린에 꽂혀서는 뭐, 카타르시스를 느낀다나 어쩐다나. 진짜, 눈 뜨고 못 봐줄 뻔. 그리고 내가 옆에 있는데 뭐가 그렇게 외롭다고, 치이…….”

송이 목소리가 잦아들자, 광석 원장이 마시던 주스 잔을 내려놓고 가만히 바라보았다.

“송이. 엄마 옆에 송이가 있어서 외롭지 않은 것은 맞아. 그런데 엄마는 송이가 알지 못하는 또 다른 외로움이 있는 거야. 돈을 벌고 송이를 돌보고 사업을 이끌어 가는 모든 일을 엄마 혼자서 해야 하잖아. 오로지 혼자라는 것, 그게 엄마를 외롭고 슬프게 하지. 그래서 힘이 되어줄 사람이 필요한 거야. 사랑의 힘으로 함께 거룩한 부담을 나눌 누군가가. 그 누군가가 사랑하는 사람이라면 더욱 좋고. 사람은 서로 사랑하고 사랑받을 때 슬픔과 외로움을 이길 수 있거든."

광석 원장이 주먹을 입에 대고 큼큼 마른기침을 한 후, 말을 이었다.

"그동안 나도 혜경 씨 지켜보면서 안타까웠어. 여자 혼자서 아일 키우며 살아가는 게 힘든 일이잖아. 여자는 약해도 어머니는 강하다, 모성은 위대하다, 이딴 소리로 엄마 역할을 강요하지만 사실은 여성들의 고통과 희생을 강요하고 구속시키려는 옳지 않은 말이지. 그럼, 남자들의 부성은?"

광석 원장이 엄마를 두둔하고 나서자 송이가 토를 달았다.

"아빠가 애 키우는 사람도 있잖아. 광석처럼."

"물론, 있지. 하지만 아직도 대부분 여성이 독박육아를 해. 나도 지희 있을 땐 몰랐어. 지희가 가게 일 하면서 준서 키우고 집안일 하는 것, 옆에서 쥐꼬리만큼 거들고 생색은 다 냈잖아. 지금 생각하면 참 부끄럽고 미안하고……."

광석 원장의 목소리가 떨렸다. 문득, 송이는 언젠가 엄마가 하던 말이 떠올랐다. 아빠랑 이혼하고 전공을 살려 영양사로 취직하려 했지만 이미 경력이 단절된 여자라 취업이 쉽지 않았다고. 혹, 취업을 하게 된다고 해도 송이를 맡길 곳이 없어서 일하면서 송이를 키우기 위해 꽃집을 차렸다고.

"아, 왜 딴 얘기를 해. 지금 엄마가 외롭다는 게 팩트잖아."

송이가 짜증을 내자 광석 원장이 미간을 모으고 장난스레 후후, 웃었다.

"아, 그렇지. 그러니까 송이가 혜경 씨 연애를 이해해 주라. 엄마 외롭지 않게, 뭐 그런 말이야."

"쳇, 홍 이모님도 그러더니 다들 엄마 연애 지원군으로 나섰어?"

새침해진 송이 표정에 광석 원장이 눈을 가늘게 떴다.

"홍 이모님이 뭐라 했는데?"

"대호 씨 괜찮다고. 건강하고 성실하고 나이도 어리고, 블라블라. 홍 이모님, 수박이야. 겉과 속이 달라. 어떤 땐 내 편이었다가 또 어떤 땐 엄마 편이고. 진짜 내 편은 없어, 짜증 나게!"

신경질을 내며 포크를 콕콕 찍어대는 송이를 보다가 광석 원장이 얼굴을 바짝 들이댔다.

"그럼 혜경 씨하고 나, 김광석은?"

"까악!"

"봐, 그림 안 나오지?"

송이가 포크 쥔 손으로 머리를 움켜쥐며 입을 딱 벌리다가 굳은 듯이 광석 원장을 빤히 바라보았다.

"아니, 아니야. 그림이 나와. 아, 왜 이때까지 그 생각을 못 했지? 등잔 밑이 어둡다는 말이 딱 이거였네. 좋잖아. 서로 친하고 가게도 붙어 있고, 나이도 엇비슷하고 문제 될 건 없을 것 같은데."

저 오대오 가르마만 아니라면.

"아니야, 문제 있어. 난 아직 지희를 못 떠나보냈거든. 평생이 가슴에서 못 떠나보낼지도 몰라. 송이 마음은 고맙지만. 그러니까 송이도 엄마 이해해 주라."

"이해는 개뿔, 생각할수록 짜증 나."

송이가 뽑아 든 티슈로 손바닥을 내리쳤다.

"송이, 그건 질투야."

"아니야. 그 인간, 정말 느끼하고 역겨워. 어떻게 그런 인간을 좋다고……."

스파게티를 폭풍 흡입하던 준서가 불쑥 끼어들었다.

"맞아. 나도 그 인간 별로야."

광석 원장이 정색을 하며 두 사람에게 손가락질을 했다.

"어이, 그대들. 혜경 씨가 선택한 사람이면 좋은 사람이라고 믿어주면 안 될까? 그리고 대호 씨가 아닌 다른 남자라도 송이는 분명 안 좋아했을걸."

"인간성 좋은 광석이라면 괜찮아."

송이의 말에 광석 원장이 장난스레 어깨를 으쓱했다.

"나, 칭찬임? 고마워. 그렇게 생각해 주니."

"어쨌든 대호 씬 재수 없어. 왜, 그런 사람 있잖아. 주는 것 없이 싫은 사람. 대호 씨가 딱 그런 사람이야. 정말 싫다, 싫어.”

또 기승전 대호 씨로 흘렀다. 송이가 얼굴을 찌푸리며 선언하듯 말했다.

“이제 그 인간 이야긴 끝.”

준서가 빵을 깨끗이 클리어한 후, 마지막 남은 스파게티를 포크에 감아 돌렸다. 송이가 샐러드 야채를 아작아작 씹으며 준서를 바라봤다.

“김준서, 진짜 맛있지? 스파게티도 샐러드도.”

“으, 응. 맛있어.”

준서를 물끄러미 바라보던 광석 원장이 창밖으로 시선을 돌렸다. 고개를 뒤로 젖히고 눈을 깜빡이는 광석 원장을 송이가 안쓰럽게 바라보았다. 송이는 광석 원장의 기분을 돌리려고 말꼬리를 틀었다.

“광석, 오늘은 김광석 듣지 마. 일편단심 주구장창 김광석, 지겹지 않아?”

“아니야, 김광석은 내 운명이야. 우리 아버지가 내 이름을 광석으로 지을 때부터 운명은 시작된 거야.”

김광석은 가수 김광석의 노래가 좋아서 김광석 노래를 좋아하는 여자를 만나 결혼하고 김광석헤어숍을 열고 김광석의 노래를 끊임없이 들으며 살아왔다. 그런데 그 여자가 암으로 투병하다가 2년 전, 벚꽃이 화르르 떨어질 때 돌아올 수 없는 먼 길을 떠나버렸다. 김광석은 아내를 잃은 후 한동안 가게를 닫았다. 얼마쯤 지나 다시 열긴 했는데 예약 손님 몇 명만 받고 멍하니 앉아서 김광석 노래만 들었다. 그래도 세월이 약이었다. 요즘은 광석이 다시 눈동자를 빛내며 일도 하고 좋은 아빠가 되려고 애도 쓴다. 어쨌거나 눈물샘 자극하는 이야긴 멈추고 싶어서 송이가 준서를 쿡 찔렀다.

"김준서, 뇌 구조 연구 끝났어?"

"아니, 푸틴의 우크라이나 침공과 뇌세포의 상관관계를 찾고 있는 중이야."

준서의 발그레한 뺨을 바라보며 광석 원장이 빙그레 웃었다.

"아들, 뇌 보관법 연구한다더니 왜 악당들 뇌 연구로 빠졌어?"

"음, 그러니까 악당들의 뇌 구조를 알아야 전쟁을 막을 수 있어. 뇌는 인간의 뿌리거든. 뿌리가 병들면 아주 위험해."

"음, 그렇구나."

"그런데 나도 아빠와 꽃아줌마 찬성."

김준서, 안 듣는 것 같아도 다 듣고 있었던 거다.

"좋아, 좋아."

송이가 손을 반짝거리며 환호하는데 준서가 벌떡 일어났다.

"소, 송이 맞다. 우크라이나 침략 전쟁을 일으킨 푸틴과 북한의 김정은은 뇌 구조가 비슷해. 이런 병든 뇌는 치료받아야 해."

이런, 안드로메다에 로켓프레시로 배송 보낼 인간. 이 햇볕 짜르르 쏟아지는 우아한 창가에서 왜 엉뚱한 생각에 몰두하냐고 면박을 주고 싶었다. 하지만 빙그레 웃으며 준서를 바라보는 광석 원장의 미소 때문에 참았다. 송이는 진심으로 부러웠다. 광석 원장의 저 미소, 아빠도 나를 바라보며 저런 미소를 지을 수 있을까?

한송이꽃집, 학원을 마치고 집에 온 송이가 문 앞에서 서성댔다. 왠지 예감이 좋지 않았다. 며칠 전부터 밤마다 대호 씨가 가게에 스리슬쩍 출현하고 있었다. 하루이틀은 그냥 머쓱하게 눈인사로 지나쳤다. 그런데 갈수록 출현 빈도가 잦아졌다. 송이가 노골적으로 적대감을 나타내며 싫은 티를 팍팍 냈지만 대호 씨는 아랑곳하지 않았다. 이러다가 그 개털보처럼 에브리데이 올 타임 눌어붙는 게 아닐까? 정말이지 둘이 같이 있는 꼴을 보는 건 송이에겐 최악이었다.

송이는 가게 앞에서 귀를 열고 동정을 살폈다. 아무 소리도 들리지 않는다. 혹시 오지 않은 걸까? 아니야, 틀림없이 왔을 거야. 둘이 뭘 하고 있을까? 이럴 때, 알고리즘을 통해 연애 시뮬레이션 같은 걸 볼 방법은 없을까. 아니지, 밖에서도 훤히 들여다볼 수 있는 투시 능력 같은 게 필요해. 송이 머리가 복잡하게 판타지를 쓰는데 드르륵, 휴대폰이 진동했다. 방금 학원 차에서 내리며 헤어진 준서다.

"왜?"

"송이, 속초건어물 사장 왔어? 내가 보호해 주러 갈까?"

버스 안에서 혼잣말처럼 한 걸 다 들은 모양이다. 김준서가 보호해 준다고 나설 때가 있다니! 지끈거리던 머릿속에 신선한 산소가 주입되는 느낌이었다.

"좋아."

잠시 후, 숨이 턱에 차서 헉헉대며 준서가 뛰어왔다.

"자, 송이 좋아하는 참두유."

숨을 고른 준서가 송이 가방을 벗겨서 자기 어깨에 걸쳤다. 송이는 준서가 내미는 따뜻한 액체를 입안에 쏟아부었다. 괜히 코끝이 시큰시큰했다. 둘이서 시장 통을 왔다 갔다 하릴없이 빙빙 돌았다. 검측한 골목길과 불 꺼진 가게들, 가게 유리창에 어른거리는 송이의 검은 그림자가 한없이 초라하게 느껴졌다. 몇 바퀴를 돌아 속초건어물 가게 앞에 섰다. 문에 바짝 붙어서 유리창으로 안을 들여다보았다. 죽일, 아직도 멸치 박스 위에 말라버린 꽃다발 세 개가 놓여 있었다. 당장이라도 문을 열고 들어가 저것들을 마구 밟아서 쓰레기통에 처넣고 싶었다.

"가자."

준서가 송이 어깨를 끌어당겼다. 송이가 문 앞에 침을 퉤, 뱉었다. 준서도 침을 뱉었다. 망해라, 망해라, 속초건어물 꼴뚜기……. 꼴뚜기가 귀엽다, 꼴뚜기 볶음이 나의 최애 반찬이 될 것 같다, 입을 헤벌쭉 벌리고 깨방정을 떨었던 주둥이를 진심으로 때려주고 싶었다. 건어물집 사장이 참 부지런하다, 성격도 좋고 인심도 후하다, 엄마가 침이 마르도록 칭찬을 할 때 알아봤어야 했는데. 지금이라도 꼴뚜기를 싫어한다고, 아니 저주한다고 외치고 싶었다.

"송이, 꼴뚜기 사장도 사이코패스일 수 있어. 송이가 싫어하는데 자꾸 꽃집에 오는 건 뇌신경 연결이 약하고 신호 교류가 안 돼서 공감 능력이 떨어진……."

"야, 그래도 사이코패스는 아니다. 너 아무한테나 사이코패스라고 하면 안 돼. 큰일 나."

송이가 운동화 뒤꿈치로 바닥을 찍었다. 준서도 운동화 앞코로 바닥을 찍으며 고개를 끄덕였다.

다시 한송이꽃집 앞. 문을 여는 순간 둘이 꼭 끌어안고 입을 맞대고 있다면, 아니 더 찐한 19금이라면, 상상이 해상도를 높여갔다. 선뜻 손잡이를 잡지 못했다. 한 걸음 물러났다. 멍하니 허공을 쳐다보았다. 정말이지 엄마 연애 결사반대, 머리띠라도 질끈 동여매고 싶었다.

"내가 왜 그 인간 때문에 쫄아야 해? 내가 왜? 김준서, 안 그래?"

송이가 따지듯 성질을 냈다. 준서가 한발 물러서며 물었다.

"송이. 혜경 씨가 싫은 거야, 꼴뚜기 사장이 싫은 거야?"

"둘 다."

"그럼, 송이도 이혼해. 혜경 씨하고."

뭐야, 이 신박한 발상은?

"야아~ 어떻게 엄마하고 이혼해?"

"결혼은 가정 공동체 만들기, 이혼은 가정 공동체 깨기. 너희 엄마 아빠의 이혼으로 가정 공동체가 깨졌잖아. 그니까 너도 혜경 씨하고 이혼해서 팍 깨버려."

"그런가? 나도 혜경 씨하고 팍 이혼해 버려? 그럼, 난 어디서 어떻게 살아?"

"혼자 살면 되지."

"돈은? 돈이 있어야 살지."

"돈은 달라고 해야지, 너희 부모님한테. 부모는 자식을 돌볼 의무가 있으니까."

"야, 말이 되냐? 근데 너 되게 똑똑하다. 그래 좋아, 그럼 이혼해 버리자."

송이가 준서의 가슴을 손바닥으로 탁탁 치며 전의를 다졌다.

"김준서, 나 이혼할 각오로 들어간다. 잘 봐봐."

송이가 가방을 받아 들고 손을 흔들며 호기롭게 문 앞에 다가섰다. 아니나 다를까, 송이 촉이 정확했다. 안에서 두 사람의 해피한 웃음소리가 만발했다. 가방을 멘 어깨가 스르륵 무너졌다.

"들어가도 돼?"

송이의 뭉툭한 말이 채 끝나기도 전에 문이 열렸다. 탁자 앞에 대호 씨가, 문 옆 간이 의자에 엄마가 앉아 있었다. 대호 씨가 송이의 시선을 피했다. 예측했던 그림이 아니어서 다행이다.

"웃긴다. 뭘 물어봐, 그냥 들어오면 되지."

양 볼이 볼그레한 엄마가 생글거리며 일어섰다.

"안녕, 송이."

그쪽한테 인사받을 기분 아니거든요. 이젠 출현 금지해 주시죠, 소리치고 싶었다.

"혜경 씨, 나 그만 가볼게요."

송이의 쌩한 표정에 대호 씨가 객쩍은 표정으로 일어났다. 송이는 대호 씨가 옆을 지나 밖으로 나갈 때까지 꼼짝 않고 서 있었다.

"나 안 볼 때 불러들여. 남자가 있었다는 게 불결해."

송이가 방문을 열고 가방을 집어 던지며 앙칼지게 쏘아댔다. 엄마가 단단하게 경고성 멘트를 날렸다.

"송이, 너 뭔가 착각하나 본데, 여긴 엄마 사업장이야. 물론 우리 집이기도 하고. 각자 필요한 만큼 사용할 수 있다고."

"흥, 각자의 필요에 의해서, 그럼 나도 남자들 막 불러들여도 되겠네."

"필요에 따라선. 그러나 넌 아직까진 이 집에 대한 권리를 주장하기엔 공로가 미미해."

"웃기시네. 그러니까 경제적으로 능력이 안 되니 집에 대한 권리를 주장해선 안 된다?"

"그렇지. 그리고 한 가지 더 지적하자면 권리가 미미한 네가 엄마의 남자 친구를 막는 게 월권이라는 것도."

"치사하다, 치사해. 아무리 자본주의 사회라지만 자식한테 경제 논리로 들이대다니. 이 집의 지분을 공평하게 1/n로 나눈다면 내게도 권리가 있잖아."

"권리야 있지, 은행 대출이 남았으니 저 방 한 칸은 오롯이 은행 것이고 나머지를 n분으로 나눠서 쓸까?"

"비정하네. 그럼 난 이집에서 도대체 뭐야?"

"음, 이 집의 소유권은 엄마에게 있고 넌 내 집에 무상 거주하고 있는 엄마 딸."

아주 간결한 결론이다.

"확, 가출이나 할까 보다."

송이가 곁눈질로 으름장을 놓았다.

"나가면, 당장 있을 곳은 있고?"

"됐어. 밖에서 살면 돼."

"각오가 되어 있다면 말리진 않겠지만 밖에서 사는 게 만만치는 않을걸. 뉴스에 나오는 무시무시한 인간 늑대들도 우글거릴 테고."

"아 씨, 그래서 어쩌라고?"

"그러니까 따님. 짜증 내지 말고 방이나 좀 치우세요. 책상에 폭탄 떨어졌더라. 바닥에 흩어진 저 파편들도 좀 보고."

엄마가 송이 방을 가리키며 한숨을 내쉬었다. 그래, 차라리 인간 늑대를 상대하는 게 낫겠다. 죽자고 달려들면 살아남겠지. 송이는 당장이라도 짐을 싸서 나가고 싶었다. 하지만 참아야 한다. 격한 감정대로 집을 뛰쳐나가면 인간 늑대에게 잡아먹히거나 노숙자가 될 수밖에 없을 거다. 송이는 방에 들어가자마자 창문을 열어젖히며 성질을 부렸다.

"불결해, 불결하다고!"

엄마가 눈을 치뜨며 노려봤다.

"야, 한송이. 문 열어놓으려면 보일러부터 꺼. 계집애, 가스비가 얼마나 올랐는지도 모르고."

"한 번만 더 그 인간 끌어들이면 콱 죽어버릴 거야."

"말 함부로 하지 마라. 엄마 화난다."

송이가 센 못을 박자 엄마가 어금니를 깨물며 창문을 소리 나게 닫았다. 손톱만큼도 양보할 기세가 아니다. 김혜경 씨, 많이 변했다. 아니, 다시 사고 전 그 맹렬한 모습으로 완벽하게 리셋되어 돌아왔다.

한송이꽃집이 쉬는 일요일이다.

엄마는 대호 씨랑 데이트 중이고 송이는 하릴없이 뒹굴다가 김광석헤어로 갔다. 김광석의 〈잊어야 한다는 마음으로〉가 가게 안을 채우고 있는데 광석 원장이 보이지 않았다. 송이가 의자에 앉아서 브러시를 마이크 삼아 목소리를 높였다. 참 애절한 노래다. 왜 노랫말이 이처럼 슬플까 생각하는데 광석 원장이 커튼 뒤에서 불쑥 나타났다.

"오, 멋진데. 어디 가?"

감색 정장 차림이다. 하얀 셔츠에 군청색 넥타이까지 했다.

"응, 지희한테. 오늘 지희 생일이야."

"준서도?"

"싫대."

광석 원장이 돌아서며 눈가를 붉혔다. 송이는 의자에서 벌떡 일어나 준서에게 전화했다.

"야, 김준서. 너 어디야? 어떻게 아들이 엄마 생일도 안 챙기냐. 광석이 혼자 가면 너무 마음 아프잖아. 네가 같이 가야 위로가 되지. 빨랑 와. 왕창 실망하기 전에."

송이가 몰아치자 준서가 당황한 듯 말을 더듬었다.

"소, 소, 송이. 엄마는 내 마음속에, 아니 뇌 속에 저장되어 있는데 왜 그곳에 가야 해? 재가 담긴 항아리, 우리 엄마 아니야."

"아, 미치겠네. 어쨌든 좋은 말 할 때 튀어 와라. 안 그럼 이제 다신 너 안 볼 거다."

송이가 앞머리를 후후 불며 열을 냈다. 광석 원장이 거울을 보며 눈가를 문질렀다.

"냅둬. 준서도 자기 생각이 있을 테니까."

지희 씨 만나러 간다고 쫙 빼입은 모양인데 하얀 셔츠에 군청색 넥타이가 무척 슬퍼 보였다.

내 맘속에 빛나는 별 하나~ 오직 너만 있을 뿐이야~

울컥해지는 노랫말에 송이 코가 맹맹해졌다.

"씨, 김광석은 왜 죽어갖고, 지희 씨는 왜 죽어갖고……."

광석 원장이 손을 들어 보이며 문 앞으로 갔다.

"준서, 올 거야. 같이 가. 좀만 기다려 보자."

송이가 재빨리 팔을 벌려 막아서자 광석 원장이 나무처럼 우뚝 섰다. 송이도 그대로 섰다. 아빠 같은, 아니 아빠보다 더 친절하고 고마운 광석 원장을 혼자 보낼 수가 없었다. 송이는 광석 원장의 팔을 끌어다 소파에 앉혔다.

얼마나 기다렸을까? 준서가 투덜대며 비척비척 가게 안으로 들어왔다.

"송이, 그러니까 말이야. 인체가 불에 타면 못 한 개 만들 정도의 철과 약간의 유황과……."

"야, 김준서. 너 지희 씨 사랑하잖아. 그 사랑하는 마음이 인체의 과학보다 더 중요한 거야. 자, 이리 와."

송이는 준서의 손을 끌어다 광석 원장의 손에 포갰다.

"자, 지희 씨 생일 축하하러 출바알~!"

송이가 두 사람의 등을 밀었다. 광석 원장과 준서는 손을 잡은 채 곧 사라졌다. 송이는 거울을 보고 입 모양으로 말했다.

"지희 씨, 생일 축하해요. 보고 싶어요!"

눈가에 물방울 한 개가 매달렸다. 눈앞에 영상처럼 지희 씨 얼굴이 지나갔다. 노랗고 긴 머리, 붉은 입술과 환한 웃음, 그리고 마지막으로 병원에서 본 깡마른 얼굴에 고통스러워하던 모습이. 송이는 낮고 쓸쓸한 웃음을 지으며 눈가를 닦았다.

김광석헤어에서 나와서 홍 이모님 가게로 들어갔다. 일요일에는 송이가 팔자에게 먹이를 주기로 했기 때문이다. 혼자 컴컴한 곳에 있던 팔자가 송이를 보고 야옹야옹 울었다. 송이가 팔자 먹이를 주고 물을 갈아주는데 할머니 목소리가 들렸다.

"송이야, 한송이."

뜻하지 않은 할머니의 방문에 송이는 신이 났다.

할머니가 송이에게 데이트를 신청했다. 할머니의 멋진 차를 타고 교외로 가서 근사한 식당에서 점심을 먹었다. 시내로 돌아와 마사지 숍에 가서 할머니와 나란히 누워 마사지도 받았다.

"할머니, 애들이 내 피부가 우윳빛깔이라고 완전 부러워하는 것 있지. 엄마가 그러는데 요즘은 피부가 권력이래. 못생긴 건 성형외과에서 고치면 되는데 피부는 타고나야 한다고. 근데, 여드름이 문제야. 요 콧등에 여드름 좀 봐. 짰더니 더 커졌어."

송이가 종달이처럼 재잘댔다.

"넌 네 엄마 피부를 닮았어. 혜경이도 너만 할 땐 정말 목련꽃 같았어. 참, 요즘 혜경이 연애는?"

"아주 불이 붙었지 뭐. 둘이 난리도 아니야. 손잡고 팔짱 끼고, 눈에서 꿀 떨어지고, 스킨십이 장난 아니라니까."

송이 입에서 침이 튀었다.

"그 인간, 완전 짜증 나. 저녁마다 가게에 오는 거 있지. 좁은 데 붙어 앉아서 진짜 못 봐준다니까. 엄만 딸한텐 관심 1도 없어."

송이의 불평에 할머니가 손을 내저었다.

"송이야. 네 엄마가 좋다면 그만 놔둬라. 우리 혜경이, 똑똑하고 생각이 깊어서 잘 알아서 할 거야."

"할머니, 그럼 난 찬밥 된다고."

송이가 벌떡 일어나며 볼멘소리를 했다. 마사지사가 눈살을 찌푸리며 송이를 눕혔다.

"왜 송이가 찬밥이야?"

"남자한테 홀릭해서 딸이 눈에 안 들어온다고요."

"아무리 그래도 송이와 남자를 구분 못 하겠니? 넌 혜경이 딸이잖아. 딸부터 챙기지. 부모는 어떤 경우에도 자식이 먼저야."

"할머니는 알지도 못하면서."

마음이 스프링 노트라면 쫙 펼쳐서 보여주고 싶었다.

"할머니도 결국 엄마 편이네."

송이 목소리에 야속함이 묻어났다. 할머니가 희미하게 미소를 지었다.

데이트의 마지막 코스는 백화점이었다. 할머니가 운동화와 캐릭터 양말, 목도리를 사주었다. 할머니와 집으로 돌아온 후 아이스크림을 먹으며 예능 프로를 보고 있을 때였다. 엄마가 히죽이 웃으며 돌아와서 허리를 굽혀 할머니를 끌어안았다.

"엄마, 우리 엄마 왔네. 엄마아아~."

갈라진 목소리에 코맹맹이 소리를 하는데 술 냄새가 났다.

"우리 딸 기분 좋은가 봐. 어때, 재밌어?"

"응, 재밌어. 연애도 하고 밥도 먹고, 술도 먹고, 히이~."

참, 가지가지 한다. 다 큰 어른이 징그럽게 어리광은. 어떻게 딸이 저녁은 먹었는지 물어보지도 않냐. 송이가 입을 옹 다물고 쳐다보았다. 엄마가 송이를 힐끔 보고 욕실로 들어갔다. 송이가 입을 삐쭉댔다. 엄마가 손을 닦으며 나오더니 송이 머리맡에 우뚝 섰다.

"한송이, 너 엄마 무시하고 망신 주는 게 그렇게 좋아?"

송이와 할머니가 벌떡 몸을 일으켰다.

"혜경아, 왜 그래?"

할머니가 묻자 엄마가 손에 들었던 수건을 바닥에 냅다 패대기쳤다.

"내가 진짜 이대로는 못 살아. 엄마가 그렇게 못마땅하면 어떻게 같이 살아? 차라리 각자 제 길 찾아서 찢어지는 게 나아."

엄마의 날카로운 소리가 송이 가슴으로 베일 듯 들어왔다.

"무슨 소리야. 혜경아, 너 왜 그래?"

할머니가 엄마 팔을 잡았다.

"엄마는 집에 가. 난 애하고 할 얘기가 있어……. 엄마가 연애하는 게 그렇게 고깝니? 사사건건 태클 걸고, 대호 씨 앞에서 사람 무안하게 만들고……. 부모 자식이 뭐야? 이 세상 누구보다도 자식이라면 엄마 마음 이해해 줘야 하는 것 아냐, 그것도 하나밖에 없는 딸이!"

엄마는 작심을 한 듯 말을 쏟아냈다.

"이젠 너도 엄마 마음 알 만한 나이가 됐잖아. 누가 뭐래도 넌 그러면 안 되는 것 아냐? 정말 힘들어서 못살겠다."

송이는 이어지는 말 폭탄에 그저 어안이 벙벙할 뿐이었다.

"내가 대호 씨와 잘 지내는 게 그렇게 죽을 죄니……. 나도……. 흐흑."

엄마가 그 자리에 앉아서 얼굴을 무릎에 묻었다. 송이는 떨리는 가슴을 주먹으로 눌렀다.

"혜경아. 너 왜 이래? 취했구나. 아무리 그래도 송이한테 이러면 안 돼. 정신 차려, 얘."

할머니가 엄마 등을 손바닥으로 툭툭 쳤다.

"뭘 정신 차려? 내가 연애하는 게 그렇게 죄야? 엄마도 그렇게 생각해? 싫어, 다 싫어. 나도 이제 내 인생 살고 싶다고."

웃긴다. 대호 씨랑 살고 싶으면 그냥 살고 싶다고 하지, 유치하게 패악질은.

“그래, 알았다, 알았어. 내일 얘기하자.”

할머니가 달랬지만 엄마는 거칠게 뿌리치며 울부짖었다.

“엄마를 조금이라도 생각한다면 어떻게 그럴 수 있어. 난 뭐 간도 쓸개도 없는 줄 알아. 이렇게 무늬만 가족으로 살 수는 없어. 엄마가 좋아하는 일이면 그냥 좋다고 해주면 안 돼? 꼭 이렇게 사람을 힘들게 해야 되냐고!”

좋아해 달라고? 싫은데 어떻게 좋아해? 무조건 싫다고 소리치고 싶은데 울음부터 터져 나왔다.

“혜경아. 일단 마음 가라앉히고……. 이게 아닌 밤중에 홍두깨지. 잘 놀다 와서 왜 이래. 송이 아직 어린애야. 애, 놀라게 하지 말고 이제 그만해.”

할머니가 엄마 등을 쓸어내렸다. 낯설다, 다정하고 따뜻했던 엄마가 사랑에 눈이 멀더니 폭군이 되었다. 정말 모녀 관계가 이렇게 박살 날 수가 있구나!

“나도 이젠 한계야. 아무리 생각해도 내 인생이 허무해서 미치겠어.”

할머니가 엄마 어깨를 끌어안고 안방으로 데리고 갔다. 한동안 울음 섞인 넋두리가 방 밖으로 튀어나왔다.

한참 후, 안방이 조용해진 뒤 할머니가 나와서 송이를 다독이고 집으로 돌아갔다. 송이는 엉망진창이 된 기분으로 잠이 들었다. 밤새 어수선한 악몽에 시달렸다. 새벽에 일어나 화장실에 갔다가 다시 자리에 누웠지만 언제 잠을 잤냐는 듯 눈이 말똥거렸다. 가만가만 안방 문 앞으로 가서 방문에 귀를 대었다. 푸우, 푸 거친 숨소리가 들렸다. 방으로 들어와 침대에 걸터앉았다. 연애를 하면 했지, 딸한테 그렇게 막말을 해도 되느냐고. 생각할수록 분하고 억울했다. 송이도 여자 대 여자로 엄마를 인정하려고 노력을 안 해본 것은 아니다.

엄마도 여자다.

엄마 인생도 소중하다.

엄마의 연애를 축복해 줘야 한다.

별별 생각을 다 해봤지만 그게 마음대로 되지 않았다. 가정의 평화를 위해서 엄마 입맛에 맞게 그런 척할 수도 있다. 하지만 그건 정직하지 않을뿐더러 스스로를 속이는 것이다. 찢어지자고? 마음 깊은 곳이 단단한 쇠꼬챙이로 긁힌 것처럼 쓰리고 아팠다. 송이는 절대로 엄마를 용서하고 싶지 않았다. 애벌레처럼 몸을 말고 숨죽이며 울다가 잠이 들었다.

월요일 아침이지만 새벽장에 가지 않았다. 날씨가 춥고 꽃값이 비싸지니 손님이 줄어들기도 했지만 어젯밤에 그 난리 때문이기도 했다.

송이가 눈을 뜨니 주방에서 달각거리는 소리가 났다. 엄마가 아침을 준비하는 것 같았다.

송이는 바깥 소리에 귀를 기울이며 손거울을 집어 들었다. 눈이 퉁퉁 부었다. 짜증 나, 이런 눈으로 학교에 갈 수가 없을 것 같았다. 정말 찢어져 버릴까? 어디로? 아빠, 할머니, 준서네. 어디든 반겨줄 것 같지 않았다. 한송이, 어떻게 인맥이 이렇게 딸리냐? 헝클어진 머리를 잡아 뜯었다. 똑똑똑, 엄마가 문을 두드렸다. 문을 노려보았다.

"송이야, 학교 안 가?"

송이는 재빨리 찰칵, 문을 잠갔다. 문 두드리는 소리가 강도를 더했다. 귀를 막고 이불을 뒤집어썼다.

"한송이, 학교 가야지. 빨리 나와."

"싫다고!"

"학교 안 가?"

"안 가. 안 간다고!"

서로 강대강, 대치가 길어지면서 등교할 시간이 지나버렸다. 졸업을 앞둔 때라 학교에 가도 교실 분위기가 술렁술렁하겠지만 오늘 친구들과 페이스트리 맛집 투어를 하기로 한 날인데 아쉬웠다. 밖이 조용하다. 분명히 엄마는 담임선생님한테 우리 송이가 배탈이 났다느니, 머리가 아프다느니, 거짓말로 둘러대고 있을 것이다.

송이는 벌떡 일어나 옷을 갈아입었다. 책상 서랍에 모아두었던 용돈과 휴대폰을 챙겨서 살금, 문을 열었다. 문소리에 안방에서 엄마가 나왔지만 그대로 밖으로 나왔다.

"야, 한송이. 어디 가?"

엄마가 쫓아 나왔다. 송이는 급히 꽃집을 돌아 옆 골목으로 숨었다. 패딩 안에 입은 후드티 모자를 푹 당겨 썼다. 시장 통을 빠져나와 바쁜 척 걸었다. 암회색 하늘이 뿌옇게 내려온 버스 정류장에는 사람들이 고개를 빼고 버스를 기다리고 있었다. 사당동 가는 버스에 오른 송이는 간신히 사람들을 헤치고 뒤쪽으로 들어갔다. 차창에는 어지럽게 내려온 진눈깨비가 빗금으로 꽂혀서 물방울로 흘러내렸다. 예정에 없던 사당동, 아빠를 만나러 갈 때 타던 버스라 뇌가 기억한 모양이다. 그렇다고 아빠를 만나서 눈물을 뿌리고 구질구질하게 하소연할 생각은 없었다. 그냥 관성에 의해서 탔을 뿐이다. 월례 행사로 아빠를 만나는 날, 엄마는 전 남편이 이 동네에 얼씬거리는 게 싫다고, 네가 아빠가 사는 동네로 가서 만나라고 했다.

뭐든 자기 맘대로야. 줄 인형처럼 맘껏 조종하더니 이제 와선……. 그래, 나도 이렇게는 못 산다고, 찢어져, 찢어지자고……. 송이는 사람들의 시선을 피해 울컥울컥 서러움을 삼켰다.

휴대폰을 열어서 '가출'을 검색했다.

> 당신 곁에 우리가 있어요. 당신의 이야기를 듣고 도움을 줄 수 있는 정보를 찾아드립니다.

청소년 쉼터에 대한 안내였다. 화면을 쭉쭉 내려보니 어라, 재워도 주고 먹여도 줄 테니 거리에 나다니지 말고 무조건 찾아오란다. 이게 웬 떡이냐. 역시 우리나라 좋은 나라, 나 같은 아이들을 팔 벌리고 기다리고 있구나. 길이 보이는 것 같았다. 엄마 톡이 액정 위에 떴다가 사라졌다. 흥, 찢어지자고 할 땐 언제고 왜 난리야. 송이는 휴대폰을 꺼버렸다.

사당역에서 내리니 암회색 하늘은 더 낮게 내려와 있었다. 진눈깨비가 내린 도로에 자동차가 지나갈 때마다 검은 물이 튀었다. 식당가를 지나서 아파트 쪽 골목으로 들어섰다. 저 앞에 한성수베이커리가 보였다. 송이는 그 자리에 우뚝 멈춰 섰다. 지금 한성수 씨는 빵을 만들고 있을 것이다. 송이 생각은 눈곱만큼도 하지 않은 채. 송이는 돌아섰다. 아니지, 여기까지 왔으니 한 번 보고 갈까, 마음이 갈팡질팡했다.

저, 가게 안에서 아빠랑 같이 케이크를 만들던 생각이 났다. 아빠가 둥근 빵을 돌림판 위에 올려놓고 생크림을 듬뿍 떠서 빵 위에 얹었다.

"이제부터 송이가 아이싱을 해볼까?"

아빠가 스패츌러를 손에 들려주며 웃었다.

"자, 위아래 골고루 크림을 바르는 거야. 옳지, 옳지. 잘하네, 우리 송이. 이렇게 잘하면 데코레이션도 할 수 있겠다."

아빠의 칭찬에 짤 주머니로 크리스마스 장식을 만들 때도 신이 났다. 그날 송이는 이담에 커서 아빠처럼 빵집을 할까, 생각을 했다. 그게 초딩 때였으니까 벌써 오래전 일이다.

아빠는 이곳에서 오랫동안 빵집을 했다. 엄마는 네 아빠가 융통성이 없어서 맨날 그 자리에 있다고 했고, 아빠는 고객과 신뢰를 쌓으려면 한자리에 오래 있어야 한다고 했다. 누구 말이 맞는지 모르지만 둘의 이혼 사유가 성격 차이인 것은 확실했다. 달라도 너무 다른 두 사람, 어쩌면 이혼이 답이 됐을 수도 있을 것 같았다.

송이는 멀찍이 서서 가게를 바라보았다. 유리창으로 보이는 가게 안에 젊은 청년이 빵 포장을 하고 있는 게 보였다. 아빠는 지금쯤 오븐 앞에 서 있겠지. 이렇게 쓱 나타나면 아빠는 어떤 표정을 지을까? 엄마가 찢어지자고 했다면 뭐라고 할까?

그때 까만 비니를 쓴 긴 머리 여자가 유모차를 끌고 가게 앞에 나타났다. 여자는 곧장 들어가지 않고 유모차를 세웠다. 한 손으로 문을 열고 누군가를 불렀다. 여자가 다시 문을 닫고 유모차를 가게 문 옆에 세우고 아기를 안으려는 찰나, 가게 문이 열리고 아빠가 나왔다. 흰 벙거지 모자를 쓰고 하얀 가운을 입은 아빠가 여자보다 먼저 아기를 안았다. 아기가 잠이 들었는지 어깨를 축 내려뜨리고 아빠 품으로 들어갔다. 아빠가 아기를 안은 채 아기 이마에 입술을 갖다 댔다. 아빠와 이야기를 하던 여자가 고개를 끄덕이며 아기를 받아 안았다.

저 아가가 한우리였구나! 영상으로 봤던 아가. 눈물이 핑 돌면서 심장이 찌르르 아파왔다. 한우리, 눈이 반짝이던 동그란 얼굴의 귀여운 아가. 그런데 저 아가가 우리 아빠 품에 안겨 있네. 저긴 내 자린데. 저 긴 머리 여자가 서 있는 자리는 우리 엄마 자리이고. 그래, 그래야 맞는 거라고!

뭐가 이렇게 개 같냐.

진짜 엿 같다.

한심하다, 한송이 인생.

내가 선택한 것도 아닌데, 왜 나만 이렇게 초라하냐……. 후드득후드득, 기어이 두 눈에서 물방울이 떨어졌다.

송이는 정신없이 걸었다. 한참 걷다 보니 속에서 거칠고 단단한, 나무뿌리 같은 오기가 돋아났다. 내가 뭘 잘못했다고 도망쳐. 눈에 힘을 주고 세차게 머리를 흔들어 눈물을 끊어냈다. 다시 되돌아서서 걸었다. 뭘 어떻게 해야 할지, 계획 없는 가출이지만 일단 한송이의 지구별 입성에 근원적 역할을 한 한성수 씨 가까이에서 생각해 보기로 했다.

가게가 훤히 보이는 맞은편 카페로 들어갔다. 카페 포레스트, 숲을 이룰 만한 나무는 없지만 풍성한 잎사귀를 단 화분과 초록색 벽지가 숲속을 연상하게 했다. 창가에 앉아 따뜻한 코코아를 마시며 건너편을 바라보았다. 몇몇 사람들이 가게에 들어갔다 빵 봉지를 들고 나왔다.

한송이가 가출을 하고 학교에 가지 않아도 세상은 잘 돌아가고 있구나. 싸르르한 가슴을 손바닥으로 누른 후 아빠한테 톡을 썼다. 글자로 쓸 수 있는 원망을 액정에 잔뜩 부려놓았다. 마음이나 감정까지 그대로 전송할 수 있으면 좋으련만, 알고 있는 낱말이 빈약했다.

아빠 새 여자, 한우리도…….

모두들 잘 먹고 잘 살고 있네.

나만 왜 이렇게 거지 같아.

내가 낳아달라고 그랬어?

내가 찐 딸이 맞긴 해?

왜 자기들 마음대로 낳아놓고 나만 힘들어야 해!

엄마 아빠는 어른이니까 잘 살잖아. 난 어떻게 살아야 돼. 나 혼자 살면 안 돼? 진심. 혼자 살고 싶은데. 다 필요 없어. 짜증 나, 개 짜증 나. 진짜!

예의도 맥락도 없는 글이다. 삭제할까? 아니야, 그냥 보내버려. 눈을 고정하고 글자 옆에 사라지지 않는 숫자 1을 주시했다.

한송이 아빠?

한우리 아빠?

그렇지, 지금은 한우리 아빠가 맞지. 한우리 아빠에게 내가 지금 뭐 하는 짓이지? 또 속이 울컥 올라오려는 순간 1이 사라졌다.

송이야, 왜 그래?

지금 전화받을 수 있어?

바람처럼 톡이 왔다.

이렇게 된 이상 한 번 부딪혀 보자는 배짱이 생겼다.

응, 나 지금 카페 포레스트.

한성수베이커리 문이 열리고 아빠가 허둥지둥 길을 건너왔다.

"송이야, 지금 이 시간에 웬일이야? 학교는?"

"나, 집 나왔어. 가출."

이런 젠장, 두 눈에 독기를 뿜어내고 싶었는데 물방울이 먼저 돌았다.

"왜? 무슨 일 있었어?"

"엄마가……."

송이가 말을 꺼내려는데 아빠 손에 있던 휴대폰이 울렸다. 아빠가 송이를 흘끔 보며 급히 전화를 받았다.

"어, 그래. 알았어. 지금 갈게. 어, 어……."

미처 통화가 끝나지도 않았는데 아빠가 일어섰다.

"송이야, 미안해. 지금 한우리가 열이 심해서…… 큰 병원으로 가야 한대……."

낯빛이 변한 아빠가 서둘러 일어나며 지갑에서 지폐 몇 장을 꺼냈다.

"송이야, 택시 타고 일단 집으로 가. 아빠가 전화할게. 미안해."

아빠는 이미 문 쪽을 향하고 있었다.

"뭐야, 나는 어쩌라고?"

"미안, 미안, 너무 급해서 그래, 미안!"

송이가 소리치자 아빠가 곤혹스런 표정으로 뛰어나갔다. 송이는 그 자리에 주저앉으며 어이없는 표정으로 아빠의 뒷모습을 바라보았다.

하얀 2층 건물 앞.

길찾기 앱에서 검색한 '청소년 일시 쉼터'였다.

문 앞에 서서 바라보니 양쪽에 유달리 큰 창문이 있고 그 창문들 중간에 출입문이 있었다. 양쪽 유리창은 굵은 쇠창살로 막혀 있어서 섬뜩한 느낌마저 들었다. 송이는 주위를 살핀 후 살그머니 출입문을 밀었다. 딸랑, 문 위에 달린 종이 울리자 단발머리를 한 여자가 볼우물을 파며 나왔다. 여자가 뻣뻣하게 굳어서 멈칫거리는 송이의 손을 이끌었다. 손끝에 닿는 여자의 체온이 따뜻했다.

"잘 왔어. 어서 들어와. 아유, 바지에 흙탕물이 튀었구나.

진짜 개념이 없다니까. 운전할 때 지나가는 사람들을 조금만 살피면……."

송이의 하얀 운동화와 청바지에 묻은 검은 자국을 본 모양이었다.

"맞는 옷이 있는지 모르지만 찾아볼게. 일단 좀 씻어."

여자의 안내를 받아서 널찍한 방으로 들어갔다. 송이 또래의 여자아이 네다섯이 앉아서 삐끔삐끔 쳐다봤다.

"여기서 샤워하면 돼."

여자가 욕실 문을 가리켰다. 샤워를 한 후, 여자가 건네준 추리닝 바지로 갈아입었다.

"애들아, 새 친구 왔다. 잘 좀 도와줘."

단발머리 말에 아이들이 송이 옆으로 몰려왔다.

"너, 왜 가출했어?"

앞머리에 헤어롤을 만, 눈이 작은 아이가 빤히 쳐다보며 도발적으로 물었다. 송이가 우물쭈물하자 녹색 머리띠를 한 오지라퍼가 나서서 애들의 신상을 쭉 브리핑했다. 알코올 중독인 아빠의 폭력, 조손 가정 할머니의 구박, 언니와 비교하며 성적으로 압박하는 캥거루 맘의 등쌀, 바람 난 모자 가정 엄마의 방치.

"넌, 어디에 속해?"

"쟤와 비슷해, 엄마의 썸남 때문에 짜증 나서."

송이가 턱을 들며 센 척 말하자 아이들은 청소년 가출 원인 제공자는 어른들이라며 분노를 분출했다. 아빠에게 폭력을 당한 아이는 시퍼렇게 멍든 팔을 보여주었다.

"경찰에 신고하지 그랬어?"

송이가 눈이 동그래져서 말했다.

"신고하면 우리 아빠, 잡혀가는데 그럼, 돈은 누가 벌어. 내 동생들은 어떻게 살아?"

곱슬머리도 눈을 동그랗게 뜨고 되물었다.

"엄마가……."

"나, 엄마 없거든."

"미, 미안해!"

송이가 급히 사과를 했다.

"학생. 사무실로 와요."

문을 열고 단발머리 여자가 손짓을 했다.

"학생, 여기에 본인 이름과 부모님 전화번호 적어주세요."

이런, 젠장. 진작 말을 했어야지. 허겁지겁 가출을 하고 하루도 지나지 않아서 연락을 한다면……. 온종일 톡 다섯 통뿐인 엄마한테, 그것도 협박 세 번에 사정조 두 번. 송이는 바위처럼 입을 굳게 다물었다. 멀거니 송이를 바라보던 여자가 고개를 저었다.

"나도 어쩔 수 없어. 정해진 법이니까. 미성년자를 보호자 동의 없이 머물게 하는 건 불법이거든."

여자가 짧은 머리를 뒤로 모아 쥐며 미간을 찌푸렸다.

"걍 보호자 없다고 하고 있게 해주면 안 돼요?"

"안 돼. 반드시 보호자한테 연락을 해야 돼. 법적 보호자."

법적인 보호자, 난감했다. 송이는 여자가 말리는데도 하는 수 없이 벗어둔 옷을 다시 입고 쉼터에서 나왔다.

바람이 불었다. 진눈깨비가 싸락눈으로 바뀌어 풀어진 머리카락처럼 공중에서 휘날렸다. 여기저기 기웃기웃, 거리를 배회하며 하릴없이 시간을 죽이다가 불현듯 생각이 났다.

그래, 기린을 보러 가자. 엄마가 카타르시스를 느낀다는 그 검고 큰 눈을 다시 한번 찬찬히 살펴보면 엄마를 이해할 수 있을까, 아니 용서할 수 있을까. 아니면 매정하게 찢어지자고 한 실마리를 찾을 수 있을지도 모른다는 생각에 이르자 송이는 부리나케 지하철을 탔다.

인터넷을 검색하니 동물원 문 닫는 시간이 6시다. 지금 시각 4시 17분, 지금 빨리 가면 5시 안에는 도착할 수 있다. 지하철에 앉으니 나란히 셋이 앉아서 동물원 가던 생각이 났다. 자신이 할 수 있는 일이 아닌 줄 알지만, 그 '나란히'에서 대호 씨 빼고 한성수 씨가 앉으면 딱인데, 하는 생각에 콧등이 찌르르 해졌다.

21세기 인공지능 시대의 가정도 빅데이터와 알고리즘에서 도출한 결론으로 만들어지면 좋을 것 같았다. 결혼 상대의 모든 것을 입력한 후, 사랑하고 결혼하고 아이를 낳고도 이혼할 확률이 가장 적은 사람끼리 결혼하라는 지시어에 따른다면? 뭐, 성숙하지 못한 감정에 콩깍지가 껴서 결혼하고 이혼하는 것보단 나을 것 같았다. 적어도 자식들은 이혼 부모 사이에서 핑퐁이 되진 않을 테니까. 사랑? 요즘은 솔직히 사랑보다는 조건 보고 결혼하는 사람이 더 많지 않은가? 엄마와 대호 씨라도 당장 빅데이터에게 분석을 맡겨서 객관적 자료를 볼 수 있다면 어떨까. 하지만 송이는 강하게 고개를 저었다. 엄마의 연애를 반대하는 대호 씨의 데칼코마니, 그 집 부모들, 그리고 송이 자신까지 다 입력한다면 빅데이터도 헷갈릴 것이다.

대공원역에 내려서 코끼리열차 타는 데까지 그대로 달렸다. 얼굴에 물방울로 달라붙는 진눈깨비가 패딩에도 무수한 물자국을 찍었지만 멈추지 않았다. 떠나려는 코끼리열차를 타고 동물원 앞에서 내렸을 때, 준서에게서 전화가 왔다.

"소, 송이. 학교 안 왔어. 난 지금 집에 가는데 송이 없어."

"나, 지금 동물원에 왔어. 끊는다."

"송이, 기다려. 나도 갈래, 동물원."

"야아, 지금 문 닫을 시간 얼마 안 남았어. 아, 참 우리 엄마한테 비밀이야. 나 기린만 보고 갈 거야. 안녕."

전화를 끊고 그대로 달렸다. 주머니 속에서 연신 톡 알림이 왔다. 휴대폰을 꺼내보니 준서가 보낸 기린에 대한 정보가 액정에 줄줄이 뜨고 있었다. 하여튼 검색의 천재다. 준서 같은 애가 검색 기능이 있는 휴대폰이 없었다면 어떻게 살까, 궁금했다.

기린 우리에 들어서니 기린 두 마리가 우두커니 서서 허공을 보고 있었다. 송이는 숨을 몰아쉬며 유리창으로 다가섰다.

"아, 안녕, 기린!"

송이의 인사에 답하듯 기린이 큰 눈을 멀뚱거리며 유리창 가까이로 다가왔다. 유리창을 사이에 두고 기린과 마주 서니 헛웃음이 나왔다. 무슨 절체절명의 임무를 수행하는 것도 아닌데, 왜 이렇게 간절한 마음으로 단숨에 여기까지 왔을까?

"흐흐, 훗."

마침, 아무도 없기에 망정이지 누군가가 송이를 본다면 미친 앤 줄 알았을 것이다.

"기린, 외롭고 슬프니? 우리 엄마가 너처럼……."

혼잣말처럼 중얼거리는데 가슴이 싸르르르해지면서 눈물이 핑 돌았다. 엄마 눈을 닮았다는 순하고 투명한 큰 눈망울 때문이 아니었다. 길게 뻗어 흔들거리는 모가지와 튼실한 엉덩이 밑으로 쭉 뻗어내린 두 다리, 그 긴 것들이 송이 가슴을 아프게 했다. 저 긴 목은 푸른 하늘을 이고 있어야 했고, 긴 다리는 넓은 초원을 달려야 했다. 절대로, 이 좁은 곳에 갇혀 있으면 안 되는 것들이었다. 하늘을 이고 초원을 달리지 못하는 긴 것들의 슬픔이 큰 눈망울에 맺혀 있는 것이다. 투명한 공기와 물방울을 가득 담고.

송이는 두 팔을 벌리고 유리창에 붙어 서며 따지듯 말했다.

"그럼, 엄마는? 직립보행으로 다른 영장류에 비해 길긴 하지만 뭐가 그리 외롭고 슬프냐고……?"

기린이 송이를 가만히 보고 있다.

송이도 가만히 기린을 보고 있다.

기린의 두 눈에 눈물이 그득하다.

송이의 두 눈에도 눈물이 고였다.

"기린아, 난 말이야. 엄마가 그 인간 만나러 가면 마음이 터엉, 비는 것 같아. 뭔지 모르지만 속이 헛헛하고 먹어도 먹어도 배가 고픈 것 같아. 세상에 나 혼자뿐인 것 같은 허전함, 배신감. 엄마 안 보는 데서 내가 얼마나 눈물 바람으로 살고 있는지 넌 모를 거다. 그런데 정말 슬픈 것은 엄마가 날 귀찮아하는 것 같아. 찢어지자고……. 엄마, 엄마가 너무 미워!"

송이는 그 자리에 쪼그리고 앉아서 마음에 가두었던 말들을 내뱉으며 눈물을 터트렸다. 유리창 안쪽의 기린이 유리창 밖에서 울고 있는 송이의 마음을 안다는 듯, 긴 혀로 유리창을 핥았다.

"너도, 불쌍해. 좁은 우리에 갇혀 있으니까. 기린아, 많이 답답하고 외롭지. 슬프면 울어도 돼. 네 큰 눈엔 눈물이 고여도 아무도 알 수 없을 테니까. 사람들은 모를 거야. 하지만 난 알 것 같아……."

송이는 가로막고 있는 유리창을 걷어낼 수 있다면 기린의 목을 안고 울고 싶었다. 서로 말로 통할 순 없지만 마음과 마음은 통할 수 있을 것 같았다.

"기린아, 우리는 할 수 있는 게 아무것도 없어서 슬픈 거야. 통유리 안에 갇혀 있는 너와, 아직 어려서 아무것도 할 수 없는 나 한송이."

송이의 하소연이 그렇게 한참 동안 이어지고 있는데 경쾌한 작별음과 함께 퇴장 멘트가 울려나왔다.

"오늘도 서울대공원 동물원을 찾아주신 여러분 감사합니다. 관람 시간은 오후 6시까지입니다. 관람객들은 퇴장해 주시기 바랍니다."

"기린아, 고맙다. 그래도 넌 잘 버텨내고 있어서. 나도 너처럼……. 잘 있어. 또 올게."

송이는 눈물을 훔치며 작별 인사를 했다. 이미 밖은 어둑했다. 지하철역을 향해 천천히 걸었다. 엄마를 이해하기 위해 찾아온 기린에게서 도리어 송이는 슬픔만 발견하고 돌아가는 것 같았다. 엄마는 어른이라 뭐든 할 수 있는데 왜 외롭고 슬픈 거야. 광석 원장이 말한 여자로서, 아니 엄마로서 내가 알지 못하는 그런 어떤 것이 있을까? 거룩한 부담을 함께 나눠 질 사랑하는 사람이 없어서?

아, 모르겠다. 지금은 그냥 기린을 우리에서 탈출시킬 수 있으면 좋겠다. 이 눈길을 기린과 함께 겅중겅중 뛰어다니며 춤출 수 있다면 신이 날 텐데. 비행기에 기린을 태우고 아프리카 초원으로 날아가서 그립던 친구들을 만나게 해주면 더욱 신이 나겠지. 아니다, 한송이, 꿈 깨라. 지금은 이렇게 찬바람 불고 눈 내리는 어두운 길을 묵묵히 걸어가야만 할 시간이다. 공허한 상상은 눈앞을 흐리게 할 수 있다. 정신을 똑바로 차리자. 어둠이 내리고 밤이 깊어지기 전에 위험하지 않은 곳으로 가야 한다. 송이는 부어오른 눈가를 주먹으로 꾹꾹 누르며 걸어가야 할 단단한 길을 바라보았다.

퇴근 시간이라 지하철이 몹시 붐볐다. 사람들 사이에 비집고 들어가 서서, 휴대폰을 열었다. 데이터를 끄고 글자 옆에 있는 1이 사라지지 않도록 조심조심 톡을 열었다.

한송이, 너 정말 너무하는 것 아니야?
엄마 힘들다. 빨리 집에 와라.

짜증을 섞은 은근한 사정조.

『아라비안나이트』의 어부 이야기가 생각났다. 호리병 속에 갇힌 거인이 처음에는 선한 생각을 품었다가 오래 기다려도 자신을 구해주는 사람이 없자 도리어 자신을 구해주는 사람을 잡아먹겠다고 했다는데 엄마는? 살짝 겁이 났다.

왜, 찢어지자며?

데이터를 켜고 톡을 보내자마자 1이 지워졌다.

미안해, 진심으로~.

바람처럼 날아온 글자를 보니 또 울컥 속이 올라왔다.

엄마가 사과할게. 얼른 들어와~.

연신 톡이 날아왔다. 엄마가 호리병 속의 거인은 아니었구나. 아니지, 아직 하루도 지나지 않았으니까 잡아먹을 생각을 못 한 거겠지. 광석 원장과 홍 이모님, 오늘 페이스트리 맛집 투어를 약속한 친구들과 준서까지, 열어보지 않은 톡이 만발이다. 하여튼 딸이 가출했다고 온 동네에 소문을 낸 모양이다.

특히, 준서의 기린 이야기는 스무 통이 넘게 와 있었다. 투덜거리면서도 왠지 기분이 나쁘진 않았다.

날리는 눈송이 사이로 불빛이 조각조각 흩뿌려졌다. 지하철에서 내려 흐느적흐느적 걸었다.

한송이꽃집 앞이다. 굳어진 어깨를 폈지만 슬프고 억울하고 눈물이 나긴 마찬가지였다. 깊은숨을 한 번 내쉰 후 가게 문을 열었다. 엄마가 다짜고짜 송이를 안았다.

"송이야, 고마워, 고마워. 잘 돌아와 주어서 정말 고마워!"

"놔, 싫어. 싫단 말이야."

송이가 쌩 몸을 빼고 방으로 들어갔다. 절대, 아니 죽어도 용서하지 않을 거야. 악을 쓰고 싶은데 속이 욱욱, 올라오는 바람에 입을 막고 화장실로 뛰었다.

"송이야. 미안해, 엄마가 잘못했어."

"싫어, 놔. 놓으라고……."

엄마가 등을 쓸어주자 어깨를 비틀며 강하게 거부했다.

"송이야, 엄마가 잘못했어. 미안해, 술기운에 나도 모르게 그만……. 정말 많이 후회했어. 그건 엄마 진심이 아니야. 엄마가 어떻게 송이와 떨어져 살 수 있겠어. 말이 안 되지."

"흥, 이젠 술 핑계야. 진짜 싫다!"

"송이야, 엄마가 이렇게 사과하잖아. 정말 미안해."

"됐다고, 그만 나가!"

송이는 방에 따라 들어오는 엄마를 밀어내고 문을 닫았다. 차라리 망각의 약이라도 구해다 주면 용서할 수 있겠어. 심장에 박혀 있는 그 말을 어떻게 잊을 수 있어? 아무리 엄마와 딸이라도 너무 아픈 말은 지워지지 않는다고. 이불 속에서 흐느꼈다.

"미안해. 엄마도 그 말 한 거 얼마나 후회했는지 몰라. 정말 미안해서 사과할 엄두가 안 났어……."

엄마가 바싹 마른 목소리로 말했다. 또 욱욱, 속이 올라왔다. 하루 종일 속을 끓여서 그런지 배가 뒤틀리듯 아팠다. 급히 화장실로 갔다. 입을 헹군 후 거울 속의 한송이를 물끄러미 바라보았다. 눈꺼풀을 파르르 떨고 있는 동그란 눈을 가진 아이, 그 아이의 두 눈에 눈물이 차올랐다. 한송이, 이제 그만 울자. 바보같이 자꾸 운다고 뭐가 달라지니? 세수를 하고 얼굴을 닦는데 엄마가 멀거니 서서 바라보았다. 수건을 바닥에 던지고 침대로 올라갔다. 이불을 머리끝까지 뒤집어쓰고 몸을 웅크렸다. 송이는 지금, 다시 돌아온 방에서 침대와 이불의 포근한 감촉만을 느끼고 싶을 뿐이었다.

"송이야, 엄마는 송이 없으면 정말 못 살아. 엄마가 송이 때문에 살아가는데……."

칫, 신파 쓰지 말아요. 엄마는 엄마 맘대로 살아왔으면서 왜 자꾸 나를 들먹이는데. 송이는 더 이상 참을 수가 없어서 소리쳤다.

“듣기 싫어, 거짓말하지 마.”

“거짓말 아니야, 엄마는 세상에서 송이가…….”

“그럼, 그 남자랑 헤어질 수 있어?”

송이가 이불을 걷어차며 벌떡 일어났다.

“송이야. 그건…….”

“봐, 거짓말이잖아. 그러면서 뭐, 나 때문에 산다고?”

송이가 다시 이불을 홱 뒤집어쓰고 누웠다.

“송이야, 송이야…….”

말을 잃은 엄마가 웅얼웅얼 송이를 부르며 송이 침대에 걸터앉았다. 한참 동안 그렇게 앉았던 엄마가 송이 어깨를 가만가만 토닥였다. 당장 일어나 엄마를 문 밖으로 끌어내고 싶었지만 어깨에 닿은 엄마 손길은 그대로 머물렀으면 좋겠다는 생각도 들었다. 참 길고 고된 하루였다. 송이는 얕게 숨을 고르며 살며시 눈을 감고 기린과 작별하면서 하지 못했던 말을 속삭이듯 말했다.

“기린아, 나도 너처럼 잘 버텨볼게.”

송이를 내려다보고 있는 기린의 투명한 눈망울이 보이는 듯했다.

엄마를
죽여야 한다고?

학교에서 집으로 돌아오는 길, 송이가 놀이터 앞에 이르렀을 때 준서가 불렀다. 송이는 못 들은 척 잰걸음을 쳤다. 또 인터넷에서 찾은 시답잖은 것들로 사람을 맥 빠지게 할 것이다.

"송이, 뇌만 있어도 인간일까?"

어느새 준서에게 따라잡혔다.

"아, 몰라."

송이의 곱지 않은 대답에도 준서는 여전했다.

"인간은 뇌만 있으면 인간이잖아. 뇌가 없고 살과 뼈만으로 이루어진 인간을 인간으로 볼 수 있을까?"

약간 흥미 돋는 주제지만 친절은 시간 낭비다. 관심 없는 듯 한마디 했다.

"식물인간?"

"식물인간을 인간으로 볼 수 있어?"

"식, 물, 인, 간. 인간이 들어가니까 인간이겠지."

송이가 집게손가락을 허공에 콕콕 찍으며 신경질적으로 대답을 하는데 광석 원장한테서 톡이 왔다.

"김준서, 너네 아빠가 와서 떡복이 먹으래."

"송이도 같이."

준서가 송이 손을 잡고 뛰었다.

김광석헤어에 들어서자 광석 원장이 준비한 쟁반을 들고 나왔다.

"송이, 인간 대학살, 그러니까 제노사이드를 자행한 인간들의 뇌 구조를 개조할 수 있대. 킬링필드의 크메르 루즈, 유태인 학살범 히틀러, 우크라이나를 침공한 푸틴 같은 인간들을 잡아다 뇌 구조를 개조한다면 착한 사람이 될 수 있대."

준서는 진지했고 송이는 귀찮았다.

"인공지능 뇌를 이식하는 거야. 그런데 인공지능 뇌를 가진 인간을 인간이라고 부를 수……."

"아, 됐다고 진짜……."

순간, 광석 원장과 눈빛이 마주쳤다. 송이는 말끝을 맺지 못하고 얼른 입을 다물었다. 광석 원장은 준서의 엉뚱한 질문에도 절대 소리치는 법이 없으니까.

"송이, 요즘 혜경 씨 진도는?"

송이가 무안한 표정을 수습하려고 고개를 한껏 젖히고 떡볶이 두 개를 입속으로 투하했다.

"당연, 투 비 컨티뉴지. 완전 짜증 나. 다 짜증 나. 나도 어디 멀리 가서 독립이나 했으면 좋겠어. 아, 맞다. 왜 있잖아, 티비에서 보면 동물은 모자 분리가 빨리 이루어지잖아. 그런데 인간은 왜 이렇게 모자 분리가 늦는 거야?"

입을 삐쭉이며 고개를 절레절레 흔드는 송이를 보며 광석 원장이 픽 웃었다.

"송이, 지금 독립하고 싶은 거임? 지난번 가출도 실패하고 이번에는 독립?"

"무슨 실패야, 하도 애걸복걸해서 사람 하나 살리는 셈치고 돌아온 거지."

"치이."

광석 원장이 비웃음을 흘리며 돌아앉아서 수건 개기에 열중했다. 슬그머니 뿔이 난 송이가 광석 원장에게 괜히 시비를 걸었다.

"사람이 말야, 토킹 어바웃을 하려면 좀 집중해 주는 예의가 필요한 것 아닌가? 나 이렇게 마이너리티로 무시당해도 좋은 사람임?"

"미안, 패스해 주라. 영업 준비 중이니까. 아, 참 지금 송이가 독립하고 싶다고 했지?"

광석 원장이 붙박이장 안에 수건을 넣어 놓고 송이 옆에 앉았다.

"뭐, 가능하진 않겠지만."

"그건 문명화 때문이 아닐까? 아프리카 부족민들은 일찍 혹독하게 성인식을 치르고 분리되잖아. 삶에 대한 책임도 스스로 지고. 꼭 아프리카뿐만이 아니라 우리나라 농경 사회에서도 마찬가지였어. 어릴 때부터 동생을 돌보고, 심부름을 하면서 집안일을 도왔지. 농사일이 바쁜 농번기에는 학교도 방학하고 아이들이 일을 할 수 있게 했대. 자기 몫의 인생을 스스로 책임지며 살게 했다는 거지. 그렇게 보면 문명화가 안 됐을 때 오히려 어른과 아이, 부모와 자식이 분리가 더 잘 됐던 것 같아."

역시 책 좋아하는 광석 원장은 유식했다.

"옛날엔 열몇 살에 시집, 장가가서 아들딸 낳고 살았어. 춘향이도 열몇 살에 찐 연애를 하고. 결국 문명화가 인간을 더 퇴화시킨 꼴이야. 문명의 순기능도 많지만 역기능도 많아."

"인간의 퇴화?"

"응. 문명화 과정에서 교육받는 시간이 넘 길어. 초등, 고등, 대학. 십몇 년을 교육의 덫으로 묶어놓고 있으니 시간 낭

비야. 결국 자녀 교육의 목적은 독립, 독립시키는 건데 말이야, 〈아기 돼지 삼형제〉 동화에서도 스스로 집짓고 나가 살게 하잖아. 아기 돼진데도 말이야. 그런데 요즘은 캥거루 맘에, 헬리콥터 맘까지, 진짜 문제야, 문제. 근데 송이, 왜 갑자기 독립하고 싶은 거야?"

"음, 요즘 혜경 씨 멘탈이 오락가락 아니, 허공을 둥둥 떠다니는 것 같아. 옆에서 보면 웃기지도 않아. 괜히 실실 웃다가 갑자기 센티해졌다가 화들짝 놀라고. 천사였다가 급 악마가 되고. 신경 안 쓰려고 해도 자꾸 거슬려. 차라리 혜경 씨와 깔끔하게 분리하면 좋겠어. 모녀 분리, 독립."

송이가 지겹다는 듯 머리를 흔들자 광석 원장이 흐흐흐, 괴기스럽게 웃었다.

"그렇다면 음……. 송이는 엄마를 죽여야 돼."

"무슨 개풀 뜯어 먹는 소리? 와, 잔인하다. 엄마를 죽이다니."

불뚝 일어서는 목울대를 가까스레 쓸어내렸다.

"잘 생각해 봐. '엄마'라는 말 속에 내포된 게 어떤 건지. 송이의 엄마 사용 매뉴얼은 딱 정해져 있잖아. 무조건 아가페적인 모성애로 송이를 위해 희생하는 여인. 내게 필요한 엄마, 한마디로 필요충분조건을 요구하고 있어. 그래서 엄마를 죽여야 한다는 거야. 송이 맘속에서 그런 엄마를 죽인 후 한 인간, 한 여자로 다시 봐야 한다는 것이지. 엄마라는 해시태그를 붙여서 송이 생각과 고집만 강요하지 말라는 거야. 그럼 지금보다 훨씬 자유롭게 서로를 존중할 수 있어. 인간 대 인간으로."

뭔가 알 듯 말 듯 헷갈리면서 선뜻 납득이 되지 않았다. 광석 원장이 은근한 목소리로 이어갔다.

"송이, 다시 말하지만 마음으로 엄마를 죽여야 해. 공간 분리 없이 모자 분리만을 원한다면 그게 가장 확실해. 송이도 홀로서기 하고, 혜경 씨도 자신의 삶을 거침없이 살아가도록 서로 도우며 연습해야 돼. 시간은 누구에게나 공평하게 주어지지만 한 번 흘러간 시간은 다시 되돌아오지 않아. 생각해 봐, 혜경 씨의 시간을 송이를 위해서만 쓰면 안 되잖아. 정말 사랑한다면 혜경 씨의 시간도 지켜줘야지. 안 그럼 혜경 씨가 너무 불쌍해."

모두들 미쳤다. 왜들 엄마 편을 들지 못해서 안달일까?

"미안, 나도 지희 실장 보내고 가장 후회되는 게 이런 거였어. 지희도 내 아내와 준서 엄마로 사느라 자기 삶을 살아보지 못하고……."

광석 원장이 말끝을 흐렸다. 송이도 광석 원장의 말을 이해하지 못하는 것은 아니다. 하지만 머리로 이해하는 것과 현실에서 부딪히는 것은 달랐다.

"엄마 삶을 살게 해줘야 한다는 말, 충분히 알겠어. 그런데 막상 닥치면 그게 잘 안 된다니까, 내 엄마잖아. 어쨌든 그 인간이 엄마 옆에 있으면 꼴 보기 싫어서 미치겠어."

송이가 성급하게 말을 이었다.

"며칠 전 학원 보충 늦게 끝난 날 있잖아. 11시 넘어서 집에 왔는데 둘이 바짝 붙어 있는 거야. 그 하마 뒷다리 같은 팔뚝이 엄마 허리를 안고 있는 것을 보는 순간, 나도 모르게 열이 확 받치는 거야."

"좋아하면 뭐……."

"내 말 들어보라니까. 나도 모르게 빽 소리가 튀어나오는 거야. 아, 19금은 밖에 나가서 해, 하고. 그런데 대호 씨, 그 인간 낯빛 하나 안 변하고 능글능글 되받아치는 거야. '송이, 넌 남자 친구 없니? 요즘 애들은 유치원 때부터 연애한다던데.' 와, 완전 확 깨는 거 있지. 정말 달려들어 목덜미를 잡아 뜯어버리고 싶었어. 엄마는 도끼눈으로 나를 쳐다보고. 아, 캑……."

준서가 얼른 송이에게 물컵을 내밀었다.

"캑캑, 엄마가 그 인간을 밖으로 데리고 나갔으니 망정이지, 그렇지 않았다면 아마 팽창한 내 머리가 펑 폭발하고 말았을 거야."

"알았어, 알았어. 송이, 자, 천천히 숨 쉬면서."

"그 인간이 가고 내가 씩씩대며 소리쳐도 엄마는 들은 체도 않더라. 완전 개무시하는 거 있지. 내가 가출했을 땐 미안하다, 정말 미안하다, 내가 너 땜에 살았다 블라블라 하더니 완전 사기야."

"그래서 송이가 화가 많이 났구나. 연애할 땐 눈에 뵈는 게 없어서 그래. 사랑을 하면 동물이 된다잖아. 세상이 온통 자기들을 위해서 존재한다고 생각하는 거지. 나도 지희랑 연애할 때, 오밤중에 지희 방문 밑에 찾아가 노랠 부르고 생쇼를 했거든. 준서 외할머니와 할아버지는 날 싫어해서 딸을 감시하고 있는데도 겁나지 않았어. 내 눈앞엔 지희만 왔다 갔다 하고, 내 가슴은 지희 생각으로만 가득 차 있었으니까. 죽음보다 강한 게 사랑이라고 아마 혜경 씨와 대호 씨도 그렇지 않을까?"

"미치겠어. 필요충분조건은커녕, 내가 학원 갔다 늦게 와도 간식도 없어."

송이 입과 코에서 푸푸, 스팀이 일었다.

"참 큰일이다. 송이가 이렇게 싫어하니 어떡하냐?"

마침 예약 손님이 들어와서 송이가 일어섰다. 밖으로 나오면서 생각하니 댓바람에 일러바쳤지만 광석 원장을 믿을 수 있을까 의심이 갔다. 언제 또 엄마도 여자라느니, 엄마 인생을 응원하라느니, 결정적인 순간에 홱 돌아설 수도 있다. 정말 왜 이렇게 어른들은 믿을 수 없을까?

툴툴대며 집으로 돌아오는데 문 밖으로 소리가 튀어나왔다.

"혜경아, 요즘 세상에 연상 연하 안 따진다고 해도 대호 씬 총각이잖아."

"홍 이모까지 왜 그래? 그렇지 않아도 송이 땜에 힘들어 죽겠는데. 그리고 당장 결혼을 하는 것도, 살림을 합치는 것도 아니잖아. 그저 외로운 사람들끼리 좋은 친구로 만나겠다는데, 그냥 좀 내버려두면 안 돼?"

엄마가 성마르게 항변을 했다.

"그래, 친구도 좋지. 하지만 그건 네 입장이고 대호 씨는 아니잖아. 아직 대호 씬 총각이고 나이도 너보다 다섯 살이나 어린데 그냥 엔조이로만 만날 수 있겠니?"

"안 그래도 다른 사람 찾아보라고 했어. 그런데 나 아니면 안 된다고 하잖아. 이모, 대호 걔, 은근 귀여운 거 알아? 내가 야, 난 너보다 나이도 많은데 뭐가 좋으니, 했더니 자긴 어릴 때부터 이상형이 나 같은 연상의 여인이었다나."

엄마 목소리가 한껏 들떠 있었다.

"아주 불이 붙었구나, 붙었어. 하긴, 눈에 콩깍지가 씌면 보이는 게 없지. 그래도 송이와 대호 생각해서 잘 판단해."

홍 이모님이 쐐기를 박았다.

"알았어. 송이한테나 말 좀 잘 해줘. 왜 그렇게 불퉁거리며 짜증을 내는지 미치겠어."

진짜, 그새를 못 참고 딸을 일러바치고 있다.

"대호 씨한테 엄마 사랑 뺏길까 봐 그러지. 어쨌든 송이 마음도 이해해 주고, 현명하게 판단해."

"알았어요. 송이 올 시간 됐어, 목소리 낮춰."

벌써 다 들었네요. 송이는 홍 이모님과 편먹고 연애 저지 투쟁이라도 나서고 싶었다. 김혜경 재혼 결사반대! 꽃집 앞에서 홍 이모님과 피켓 하나 들고 서 있는 모습을 그려보았다. 저절로 맥 빠진 웃음이 나왔다. 나는 엄마 연애의 방해꾼이다. 괴롭다. 그러나 뻔한 소설처럼 '잘 먹고 잘 살았습니다'로 끝내기엔 마음과 감정이 허락지 않는다. 나는 도대체 뭐야? 쓸모없는 이혼의 전리품? 송이는 자괴감이 들었다. 결국, 광석 원장의 말처럼 엄마가 한 여자로 자유할 수 있도록 내 필요충분조건만 채워주는 엄마를 죽여야 할까, 하지만 내 엄만데, 나는 어떡하라고……. 생각할수록 마음이 무거웠다.

18

"무슨 책이야?"

"응, 키르케고르의 『죽음에 이르는 병』."

송이가 책을 들고 앞뒤를 살피다가 소리 내어 뒤표지 문구를 읽었다.

"'죽음에 이르는 병'이란 절망이며, 절망은 곧 자기 상실이다. 뭔가 되게 어렵네. 철학책이야? 왜 이렇게 어려운 책을 읽어? 헤어숍과 철학책에 무슨 함수 관계가 있나? 내가 보기에 광석은 책을 줄여야 죽음에 이르지 않을 것 같아. 이런 골치 아픈 책 볼 시간에 손님을 한 명 더 받아서 돈을 버는 거야. 돈 많이 벌면 훨씬 폼 나게 살 수 있잖아."

송이의 단단한 눈빛을 광석 원장이 차분히 받았다.

"난 이 지구별에 일만 하러 오진 않았어. 행복하려고 온 거야. 행복하려면 한 가지는 포기해야 돼. 돈은 준서와 나, 둘이 먹고살 수 있을 만큼만 벌면 돼. 서로 좋아하는 것 하면서, 순간순간 행복을 느끼면서."

"행복? 그거 좋다. 나도 엄마 병원에 있을 때, 하고 싶은 것 하고 사는 광석은 행복하겠다고 생각한 적이 있었어. 광석, 책 읽을 때 정말 행복해?"

"응, 행복해. 모르는 것도 알게 되고 깨닫는 것도 있고, 뭔가 감겨 있던 눈을 뜨는 느낌?"

"치, 지희 실장 옆에 있을 땐 꿀 떨어지는 눈으로 지희 실장만 바라보더니. 혹시, 지희 실장 잊으려고 이렇게 어려운 책 읽는 것 아니야? 행복이라고 우기면서. 저…… 이건 그냥 궁금해서 물어보는 건데, 얘기해도 돼?"

"송이가 나한테 못 할 말도 있나?"

"좋아, 음. 광석은 언제까지 홀아비로 살 거야?"

송이가 은근하고 나직하게 물었다.

"글쎄, 내가 정지희 말고 다른 누군가를 사랑할 수 있을까?"

광석 원장의 두 눈이 가늘어졌다.

"준서도 엄마가 필요해. 전에 우리 엄마가 만들어 준 꼴뚜기에 감동받은 것 봤잖아."

송이는 진심으로 광석 원장의 인생을 응원하고 싶었다.

"치이, 혜경 씨 연애는 질색하면서."

"그니까, 혜경 씨와 좀 잘해보라고."

책으로 시선을 옮기며 광석 원장의 입가가 슬며시 올라갔다. 송이는 지희 씨만 생각하고 그리워하는 광석 원장에게 박수를 보내고 싶었다. 엄마도 광석 원장처럼 살면 안 되나? 하지만 엄마와 광석 원장은 비교 대상이 아니었다. 광석 원장은 사별했고 엄마는 이혼했으니까.

광석 원장이 눈은 책에 둔 채 말을 흘렸다.

"근데, 어쩌다 꼴뚜기가 혜경 씨한테 걸렸을까?"

"그 죽일 놈의 꼴뚜기. 그 꼴뚜기가 엄마와 나를 이만큼 벌려놓았다고, 나쁜 놈의 꼴뚜기."

송이가 팔을 벌리며 눈을 치떴다. 광석 원장이 책에서 눈을 떼고 고개를 뒤로 젖혔다가 잠시 뜸을 들인 후 말했다.

"아니야, 혜경 씨와 송이 사이는 벌어질 수 없어. 왜냐, 순도 백 퍼센트 사랑이니까. 사랑도 종류가 달라. 그 사랑과 그 사랑을 비교하면 안 되지. 송이, 믿어야 해, 엄마 사랑을."

송이가 떨떠름한 표정으로 아랫입술을 깨물었다.

"송이, 힘들겠지만 이제부터 강해져야 해. 송이도 엄마를 순도 백 퍼센트로 사랑하잖아. 그 사랑으로 엄마를 이해해 줘."

"안 돼, 그리고 울 엄마 대호 씨랑 끝까지 못 가. 대호 씨 부모랑 누나도 다 싫어해. 애 딸린 연상의 여자라고, 병원에 있을 때 대놓고 욕했다니까."

곧 엄마가 핏물 뚝뚝 흘리며 스테이크를 씹을 날이 올 거라는 말은 입안에 가뒀다.

"이게 무슨 큰일 날 소리야. 요즘 세상에 본인들이 좋다면 그만이지 부모, 누나가 무슨 상관이야. 그럼 애 딸린 늙은 홀아비는? 그건 완전히 차별이야, 차별은 나쁜 거야."

"맞아, 나쁜 거야. 하지만 솔직한 내 마음은 그 사람들이 빡세게 반대해 주면 좋겠어. 아님, 대호 씨가 알아서 꺼져주거나."

광석 원장이 한숨을 푹 내쉬며 안타까운 듯 송이를 바라보았다.

"학원 안 가? 우리 준서는 과학관에 갔어. 인간의 뇌 구조에 대해 연구할 게 있다나. 좀 늦더라도 학원은 간다고 송이한테 말하래. 학원에서 보자고."

"응, 알았어. 그런데 걘, 왜 그렇게 뇌에 집착하는 거야?"

"아빠 때문이래. 엄마가 그렇게 간 게 큰 충격이겠지. 나중에 뇌 과학자가 되어서 아빠가 죽어도 뇌는 살려놓겠대. 그래야 아빠랑 영원히 같이 살 수 있다고. 그런데 우크라이나 전쟁을 보고 요즘은 악당들의 뇌 구조부터 연구해 봐야 한다고 바빠.”

“그렇구나. 어쨌든 준서는 좋겠다. 학원 늦게 가도 뭐라 안 하고. 아, 나도 학원 가기 싫다. 앗, 학원 차 올 때 됐다.”

송이가 바람을 가르며 뛰어나갔다. 간신히 학원 버스를 탔고, 기사 아저씨한테 한 소릴 들었다.

“학생 혼자 타는 버스 아니잖아. 시간 좀 맞추라고.”

버스 안의 검은 눈빛들이 송이를 향해 한꺼번에 싸하게 달려들었다. 송이는 고개를 빳빳이 들고 눈알을 좌우로 굴리는 것으로 뻔뻔한 방어에 성공했다.

학원이 끝나고 밖으로 나오니 비가 내렸다. 송이는 왜 비가 오고 지랄이야, 우산도 없는데. 짜증을 냈다. 송이 옆에 서 있던 어떤 애가 “아. 비님이 오시네.” 하면서 가방을 받치고 뛰어갔다. 완전 대조되는 신선한 말 한마디가 송이 가슴에 충격으로 들어왔다. 다른 날 같으면 휴대폰에 코 박고 꾸물대는 준서를 몰아쳤겠지만 송이는 가만히 준서 손을 잡았다. 막 뛰어나가려고 하는 그때, 머리 위로 검은 우산이 쓱 씌워졌다.

“뭐야? 왜 왔어?”

언제 왔어, 라고 물었어야 했나? 송이가 당황해서 올려다보는데 아빠가 고른 치아를 드러내며 환하게 웃었다. 송이는 겸연쩍음을 감추려고 슬그머니 준서 손을 놓고 말했다.

"김준서, 너 먼저 가."

준서가 아빠와 송이를 번갈아 보다가 손가락으로 아빠를 가리켰다.

"아, 아저씨. 소, 송이 아빠다."

준서도 불청객이 끼어들자 당황했는지 말을 더듬었다. 송이가 다시 턱짓을 하자 준서가 고개를 끄덕이며 뛰어갔다. 아빠가 송이 옆으로 올라서며 손을 잡았다.

"왜?"

송이가 손을 빼내며 까칠하게 물었다.

"송이하고 밤 데이트 하려고."

"됐어. 한우리한테나 가."

"야아, 한송이. 아빠가……."

송이가 발을 내딛자 아빠가 급히 앞에 세워둔 차 문을 열고 송이 팔을 붙잡았다.

"싫다니까!"

"일단, 타. 타고 얘기하자."

차 문을 열어놓고 둘이서 실랑이를 하는 사이, 빗줄기는 더 굵어졌고 바람까지 몰아쳤다. 송이에게 우산을 씌워주고 있는 아빠 점퍼 위로 빗물이 흘러내렸다. 더 이상 빗속에 있을 수 없어서 차에 올랐다.

"송이야, 지난번에 아빠가 정말 미안했어. 한우리가 돌발진에 걸려서 열이 40도 이상 올랐어. 큰 병원에 가느라……. 나중에 혜경이한테 전화하니까 네가 집에 왔다고 해서…….”

칫, 날 두고 둘이서 내통하고 있었구만. 그런데도 엄마는 나한테 한 마디도 안 하고. 독기를 뿜은 송이 눈빛이 앞서 달리는 자동차 불빛에 어지럽게 흔들렸다.

“혜경이한테 송이 만난다고 전화했어. 걱정 안 해도 돼.”

내가 무슨 장난감인가? 자기 맘대로 이렇게 쳐들어오면 되는 건가? 송이는 들끓어 오르는 아우성을 밀어 넣으며 입을 꽉 다물었다. 아빠가 입을 옹 다물고 있는 송이를 흘끔 보더니 시디플레이어를 눌렀다.

빗속에 서서~ 나를 찾지도 기다리지도~~~

김광석의 〈나무〉다. 김광석의 감성적인 보이스가 좁은 차 안을 감쌌다. 무수한 물방울이 유리창에 부딪쳐 흘러내렸다. 역시 김광석이다. 김광석의 노래가 송이 마음속에 촉촉이 스며들면서 송이 숨소리가 고르게 변했다. 갑자기 아빠가 큰 소리로 김광석을 따라 불렀다. 고음과 저음을 가볍게 오르내렸다. 잘 조율된 맑고 깨끗한 음색이다. 좋다, 객관적으로 들어도. 젊었을 때 충분히 김혜경을 포획하고도 남을 목소리다.

“저기에 차 세워.”

"왜?"

아빠가 물었지만 송이가 명령하듯 말했다.

"아, 세우라니까."

끼익, 아빠가 급 브레이크를 밟았다.

"지하 주차장에 주차하고 저기로 와."

"어디? 노래방?"

아빠가 뒤에 둔 우산을 꺼내주기도 전에 송이가 자동차 문을 열고 뛰어내렸다. 아빠는 송이가 사라진 코인 노래방 문을 멍하니 바라보다가 다시 핸들을 잡았다. 송이는 지갑에서 지폐를 꺼내 코인으로 바꿨다. 반짝거리는 박스 안으로 들어간 송이가 조금 전에 들었던 김광석의 〈나무〉를 찾았다. 그러는 사이, 아빠가 삐끔거리며 들어와 송이 옆에 앉았다.

"불러."

어깃장을 놓는 송이를 보며 아빠가 잠시 말을 잊었다. 하지만 이내, 기분 좋은 목소리로 말했다.

"좋아, 송이가 부르라면 불러야지."

한결같은 빗속에~ 누구 하나 찾지도 기다리지도~~

아빠가 송이 옆에서 송이를 위해 노래를 불렀다. 잘 부른다, 아주 잘 부른다. 왜 김광석은 죽어서. 아빠랑 같이 김광석

콘서트에 갈 수도 있었는데. 송이는 아빠 노래를 들으며 마음 속으로 최면을 걸었다. 지금은 한우리 아빠가 아니라 오롯이 한송이 아빠다. 아빠가 나만을 위해서 김광석 노래를 불러준다. 엄마를 처음 만났을 때처럼 기타를 치면서 불러주면 더 좋을 텐데. 엄마가 들었던 저 목소리를 송이가 다시 듣는다. 이렇게 매일매일 아빠가 불러주는 노래를 들을 수는 없을까, 생각하다가 최면에서 깨어났다. 가슴이 시큼시큼해지면서 속이 울컥댔다. 왜 한성수 씨는 날 이렇게 아프게 할까?

첫 노래를 끝낸 아빠가 송이를 쳐다보자 송이가 재빨리 김광석의 〈먼지가 되어〉를 눌렀다.

"어, 송이가 김광석을 좋아하나 보다. 오래전 가수인데."

이렇다니까, 딸이 김광석 노래를 불러서 학교에서 한동안 이름을 날렸고 김광석을 좋아하는 어른들 틈바구니에서 날마다 살아가고 있는 것도 모르는 아빠. 야속했다. 그래, 뭘 더 바라, 그냥 노래나 부르라구요. 턱짓으로 재촉 사인을 보냈다.

"또 아빠 혼자 부르라고? 그러지 말고 아빠하고 같이 부르자."

아빠가 송이에게 마이크를 쥐여줬다. 송이가 마이크를 소리 나게 내려놓고 또 거만하게 턱짓을 했다.

"이거 참, 혼자 부르려니 쑥스러운데."

아빠의 하얀 이마가 붉어졌다.

"그냥, 부르라고."

송이가 몰아치자 아빠가 입술을 굳게 닫고 생각에 잠긴 듯 고개를 주억거렸다. 기계음은 혼자 아우성치고 있는데 꼿꼿이 앉은 두 사람의 신경전은 길어졌다. 꽤 긴 침묵이 흐른 후, 아빠가 벌떡 일어나서 밖으로 나갔다. 뭐야, 가버린 거야? 그래, 갈 테면 가. 한우리 아빠를 한송이 아빠라고 잠시 착각한 내가 멍청이지. 급히 송이의 호흡이 가빠지려는 순간, 아빠가 동전을 짤랑거리며 들어왔다.

"좋아, 송이가 그만할 때까지 부를게. 듣기 싫으면 말해."

아빠가 재미있다는 듯 빙글빙글 웃었다. 송이는 치솟았던 화를 누르며 고개를 끄덕였다.

"김광석 노래만 부르라는 거지? 좋아."

아빠가 김광석의 〈거리에서〉를 눌렀다. 송이는 눈을 감고 아빠의 노래를 차분히 마음 저 깊은 곳에 저장해 나갔다.

집에 돌아오니 엄마가 물었다.

"이 밤중에 왜 왔대?"

"몰라."

"무슨 얘기 했어?"

"아무 얘기도 안 했어."

"그럼, 이때까지 뭐 했어?"

"김광석 들었어."

"뭐? 김광석? 어디서?"

"노래방에서."

"크흐흐흐! 노래를, 진짜 웃긴다. 둘이서 김광석 불렀어?"

"아니, 난 안 불렀어."

"그럼, 성수 오빠 혼자? 푸하하하~. 무슨 한밤중에 노래방 스릴러 쓰는 것도 아니고, 크크."

엄마가 큰 소리로 웃었다. 생각해 보니 송이도 웃음이 나긴 했다. 이 비 내리는 겨울밤에 가뭇없이 노랠 부르는 아빠와 말없이 듣는 딸, 스릴러가 맞긴 맞다.

"그리고?"

"그리고 뭐? 요, 앞에 내려주고 갔지."

"진짜, 두 사람 캐릭터 있다. 푸푸푸~."

"아, 왜 웃어? 푸, 풋, 푸푸하하."

송이도 웃음을 참지 못하고 같이 웃었다. 엄마는 더 큰 소리로 허리를 굽혀 웃었다. 웃다가 생각해 보니 우습기도 하고 왠지 슬픈 것 같기도 했다. 웃픈 게 이런 것일까? 이, 비 오는 날 웃픈 아빠와 딸. 끝까지 까칠하게 인사도 없이 문을 쾅 닫고 뒤통수로 보냈지만 그래도 한송이 아빠가 되어 딸의 심술을 묵묵히 받아주었다. 한성수 씨, 조금 괜찮긴 한 것 같다.

한송이 대책 회의

큼지막한 노트에 적혀 있는 글씨를 보고 송이가 마뜩잖은 얼굴로 물었다.

"왜, 갑자기 거창하게 뭐야?"

보안을 유지하고 오라는 문자에 멋모르고 나오긴 했지만 뭔가 분위기가 이상했다.

"자, 그럼, 참석 인원 점검부터 하겠습니다. 홍 이모님, 김광석헤어 원장, 김준서, 그리고 주인공인 한송이. 모두 참석했으므로 지금부터 대책 회의를 시작하겠습니다."

광석 원장이 호명을 하자 홍 이모님과 준서는 손을 번쩍 들었고 광석 원장은 셀프로 예, 대답을 했다. 이게 무슨 상황인지 도무지 감이 잡히지 않았다.

"뭐야? 갑자기 왜들 이래?"

"그러니까, 우리가 비록 제너레이션 투 제너레이션으로 모였지만 그래도 우린 모두 한송이 친구잖아. 김혜경 씨의 연애 때문에 힘들어하는 친구 한송이의 위로회 겸, 앞으로의 일들에 대한 대책을 세우기 위해서 모인 거야."

분명 코미디인데, 아무도 웃지를 않았다. 이 비현실적인 상황 앞에서 송이가 어리둥절해하는데 홍 이모님이 멈칫거리다가 입을 열었다.

"그래, 이웃사촌이란 말도 있는데 송이는 이웃사촌이 아니라 우리 식구 같은 아이잖아. 그러니까 송이가 힘들 때 우리가 송이 편이라도 들어야지."

광석 원장이 소리 나지 않게 물개 박수를 쳤다.

"그런데 홍 이모님, 송이 편 만들기가 아니고 대책 회의라니까요."

"아, 이거나 그거나."

홍 이모님이 손을 젓자 광석 원장이 큼큼거리며 양손으로 오대오 가르마를 손으로 쓸었다.

"그럼, 지금부터 안건을 받겠습니다. 어떻게 송이를 도울

수 있을까요?"

광석 원장의 말이 떨어지기 바쁘게 준서가 손을 번쩍 들었다.

"송이가 대호 씨 싫어해요. 대호 씨 갖다 버려요. 멀리. 어, 어, 아니면 대호 씨가 나오지 못하게 울타리를 만들어요."

한심하다, 김준서. 송이는 어이가 없어서 한숨이 나왔다.

"김준서, 인권에 위배되는 이야긴 하지 않는 게 좋습니다. 갖다 버리는 것은 납치 및 폭력에 해당하고, 감금은 개인의 자유를 침해하는 것입니다."

조리 있는 광석 원장의 지적에 준서가 머쓱한 표정으로 어깨를 으쓱했다.

"그럼, 우리가 혜경이에게 슬쩍슬쩍 속초건어물을 디스하면 어떨까? 정이 뚝, 떨어지게."

참, 홍 이모님도. 눈에 콩깍지가 씌었는데 그게 씨알이 먹힐까나요, 답답한 마음에 송이가 손을 내저었다.

"말도 안 돼요. 차라리 대호 씨에게 김혜경 씨는 아니라고 하는 게 빠르겠어요. 엄마가 그 남자를 더 좋아한다니까요."

모두들 다시, 침묵.

"그럼 당사자인 송이에게 어떻게 해주면 좋을지 들어보는 건 어떨까요?"

광석 원장의 말에 모두들 처져 있던 눈빛을 세우며 송이 입에 시선을 모았다.

"난, 뭐. 일단은 대호 씨가 우리 가게에 안 왔으면 좋겠어요. 좁은 데 둘이 붙어 있는 것 보면 열불이 나서……. 참, 이젠 거실까지 들어온다니까요. 연애를 하든 뭐 하든 나 안 보는 데서 하면 좋겠어요."

송이의 말에 준서가 나섰다.

"그럼, 우리 당장 가서 혜경 씨와 속초건어물 사장한테 말해요. 연애는 나가서 하라고. 송이가 싫어하니까."

광석 원장이 홍 이모님을 바라보며 누진하게 말했다.

"우리가 같이 가긴 그렇고. 차라리 홍 이모님이 둘한테 경고를 하면 어떨까요?"

"어떻게? 늙은 내가 말하면 남의 사생활 간섭한다고 혜경이가 길길이 뛸걸. 혜경이가 보통이 아니잖어."

누가 고양이 목에 방울을 달 것인가, 이것이 문제로다.

"그건 내가 말할게요. 꽃아줌마, 송이가 싫어하니까 나가서 연애해요, 하고. 아빠는 속초건어물한테 말해요."

광석 원장이 당황한 듯 준서의 허리춤을 슬쩍 잡아당겼다.

"아, 그러면 되겠네. 두 부자가 각각 맡아서 하면 좋겠네. 속초건어물도 남자니까. 남자끼리는 말이 통할 테니까."

홍 이모님이 무릎을 쳤다. 광석 원장이 못마땅한 표정을 지었다.

"얘기하는 게 문제가 아니고, 오늘 모임의 주제는 어떻게 송이를 위로할까, 그리고 앞으로의 대책입니다. 본질에서 벗어나지 마시길 바랍니다."

"소, 송이 위로는 음, 속초건어물이 오면 내가 참두유를 사서 가면 됩니다. 그러면 송이가 좋아합니다."

뭐야, 초딩처럼. 잰 엉뚱한 사차원 문제가 아니면 완전 초딩으로 돌아간다니까. 송이가 눈으로 준서를 쏘았다.

"아, 됐어요. 날 위로하고 싶다면 내 편이 되어줘요. 그니까 엄마를 이해해라, 엄마도 여자다, 엄마도 엄마 인생이 있다, 기타 등등 그딴 얘기만 하지 말고 내 입장에서 이해해 주면 좋겠다는 거예요. 나도 그런 건 다 안다고요. 하지만 내가 아는 것하고 내 감정이 느끼는 것하곤 달라요. 솔직히 짜증 나고, 불안하고, 꼴 보기 싫고, 자꾸 걱정되고. 저러다 결혼이라도 하겠다고 하면…… 나는 어떡해……."

송이 목이 메었다. 모두들 입을 꾹 다물었다.

"미안해, 송이. 내가 넘 어른들 입장에서만 말했구나. 송이도 엄마하고 살아오는 게 힘들었을 텐데 혜경 씨 생각만 했네. 맞아, 송이 말처럼 송이는 아직 엄마가 필요한데. 다 골수에 박힌 자본주의의 속물근성 때문이야. 돈 버는 사람이 힘들다, 돈 안 버는 애들이 뭐가 힘드냐, 하는."

광석 원장이 잦아지듯 소리를 짜냈다. 준서가 송이 어깨를 가만가만 토닥였다.

"그래, 송이 맘 이해한다. 어느 날, 곰 같은 놈이 나타나서 엄마 사랑을 빼어가려 하니 얼마나 맘이 상했겠니? 이제 송이 맘 알았으니 나는 이제부터 중립국 할 거다. 이쪽저쪽, 모두의 평화를 바라며."

"홍 이모님, 사람이 중립 국가가 될 순 없어요. 팔자가 송이를 좋아하니까 홍 이모님은 송이 편 해야 돼요."

준서가 홍 이모님을 보며 손을 내저었다.

"아고, 무서워라. 준서는 완전히 송이 편이구나!"

홍 이모님이 혀를 내둘렀고, 광석 원장은 묵묵히 듣기만 했다. 그때 김광석헤어 문이 열렸다. 브레이크 타임인데 웬 손님, 모두의 시선이 문 쪽으로 쏠렸다.

"홍 이모님 여기 있었구나. 어디 가셨나, 하고 찾았는데. 뭐야, 왜 다들 심각한 얼굴로 앉아 있어요? 원장님 무슨 일 있어요?"

엄마가 매의 눈으로 둘러봤다.

"아닙니다. 그냥 뭘 좀……."

광석 원장이 얼버무리는데 쓸데없이 준서가 빨랐다.

"꽃아줌마, 한송이 대책 회의 해요. 꽃아줌마 속초건어물과 연애하면요, 송이가 속상하고 힘들어요. 그러니까. 아, 맞다. 속초건어물 사장님 꽃 가게에 오지 말라고 해요. 나가서 연애해요."

준서가 숨도 안 쉬고 댓바람에 줄줄 읊어버렸다. 모두들 놀라서 입이 딱 벌어졌다. 가장 놀란 것은 엄마였다. 완전 뒤통수 맞은 얼굴로 버벅댔다.

"그, 그니까, 뭐야? 지, 지금 내 연애 때문에 모였다는 거야?"

엄마가 침을 꿀꺽 삼킨 후, 곧바로 전의를 다지고 다가섰다.

"웃겨. 이 대한민국에서 연애하는데도 대책이 필요한가? 준서야, 아줌마한테 그런 말 하는 것은 완전 인권 침해야. 아줌마는 성인이고 내가 나가서 연애를 하든, 나가지 않고 하든 내가 결정해. 네가 아줌마한테 이래라저래라 명령할 수 없다는 거야. 참, 애들 데리고 지금 뭐 하는 짓들인지."

엄마가 질책하듯 홍 이모님과 광석 원장을 노려보자 홍 이모님이 똑 부러지게 말했다.

"혜경아, 너 그러는 것 아니다. 우리가 누구냐? 이웃사촌보다 가까운 식구 같은 이웃이잖아. 그런데 우리 송이가 네 연애 때문에 힘들어하고, 지난번엔 가출까지 했잖아. 애가 맘을 못 잡고 헤매다가 무슨 일이라도 당하면 어떻게 하려고 그래. 네가 연애하는 것도 좋지만 우린 송이가 잘못될까 봐 걱정이 돼서 그런다."

엄마의 싸늘한 눈길이 곧바로 송이에게로 향했다.

"나, 아냐. 내가 이런 거 아니야, 이건……."

입장이 난처해진 송이가 변명을 하려하자 광석 원장이 가로챘다.

“송이는 아무것도 몰라요. 우리가 걱정돼서 송이를 오라고 했어요. 혜경 씨 힘든 것 알아요. 그래도 혜경 씨는 어른이잖아요. 송이는 아직 어린데 얼마나 힘들고 불안하겠어요. 그래서 혜경 씨한테는 미안하지만 우린 송이 편이 되기로 했어요.”

엄마 안색이 변했다. 하지만 이 정도에서 물러설 혜경 씨가 아니었다.

“어쨌거나 이건 우리 가정사예요. 이웃이 끼어들 문제가 아니라고요. 송이 너, 빨리 집에 와. 홍 이모님, 가게 손님 왔어요.”

엄마가 찬바람을 일으키며 쌩 나갔다. 홍 이모님도 서둘러 나갔다. 송이도 광석 원장과 준서에게 손만 흔들어 주고 나왔다. 뭔지 모르지만 송이 마음속에 몽골몽골한 것이 피어올랐다. 결론 없이 끝난 대책 회의지만 그래도 편들어 줄 이웃이 있다는 게 뿌듯했다. 그런데 광석 원장이 대호 씨를 만나서 명확하고 분명하게 메시지를 전할 수 있을라나, 연애는 밖에서 하라고. 제발 그 곰탱이를 집으로 좀 끌어들이지 말라고.

졸업식 날이다.

누구나 그러듯 성적 스트레스는 있었지만 그냥저냥 평탄하게 보낸 중딩 시절이었다. 친구들은 겨울 방학 동안 기숙 학원에 짱 박혀 있거나 정예반에서 빡세게 공부했다는데 송이는 동네 학원에서 겨우 쫓아가고 있는 중이다. 고딩이 되면 성적으로 인간 등급이 매겨진다고 하지만 그건 그때 가서 또 부딪쳐 보는 거다. 창문을 열었다. 바람이 찼지만 햇살은 밝았다.

"굿모닝, 송이 졸업 축하해."

싱크대 앞에 서 있던 엄마가 고개를 돌려 환하게 웃었다. 송이도 깍지 낀 손을 쭉 뻗어 올리며 밝게 웃었다.

"엄마, 아빠한테 전화해도 돼? 졸업식 날 온다고 해서."
"음, 네 마음대로 해. 송이 아빤데, 내가 막을 순 없잖아."
엄마가 식탁에 앉으며 송이를 쳐다봤다. 송이가 맞은편에 앉아서 두 손으로 턱을 바치고 엄마를 빤히 바라보았다.
"엄마, 아빠랑 이혼한 것 후회 안 해?"
엄마가 마른세수를 하며 고개를 저었다.
"응, 안 해. 이혼할 땐 괴롭고 힘들었지만 지금 생각해 보면 이혼이라는 것, 그리 부정적으로만 생각할 게 아닌 것 같아. 한 번뿐인 인생, 선택이 잘못됐다 싶으면 정리하고 다시 시작하는 게 좋지, 안 맞는 사람과 구질구질하게 싸우면서 살 필요는 없잖아. 송이한테 미안해서 그렇지."
엄마 눈동자가 잠깐 흔들렸다.
"나도 뭐, 지금은 그럭저럭 괜찮아. 이혼한 부모를 둔 아이가 나만 있는 것도 아니고. 사는 모습들은 다 다르니까. 생각해 보면 그때 엄마 아빠 많이 싸웠잖아. 엄마는 울고 아빤 소리치고. 그렇게 싸우고 사는 것보단 이혼하는 게 낫지. 그리고 엄마 아빠가 이혼을 했지 난 엄마 아빠랑 이혼하지 않았으니까."
송이가 손바닥을 쫙 펴서 식탁 위에 올려놓았다. 아빠랑 손톱이 닮았다는 말을 하려다 그만뒀다.
"고마워. 그렇게 생각해 주니."

"그런데 한우리 사진이나 동영상 보면서 그런 생각은 했어. 아빠랑 결혼한 아줌마가 아빠랑 이혼하지 말고 오래 잘 살았으면 좋겠다, 한우리도 같이."

"그러게 말이다. 네 아빠도 이제 소중한 게 뭔지 깨달았으면 좋겠지만 사람이 쉽게 변할까 모르겠네. 나도 한우리 엄마가 행복했으면 좋겠다."

엄마가 송이 손등에 한 손을 포개며 맑게 웃었다.

"우리 엄마, 짱 착하다."

"고마워. 착하게 살아야지."

송이가 엉덩이를 들고 팔을 뻗어 엄마 앞머리의 새치 한 올을 뽑아주었다.

"건강도 잘 챙겨. 외할머니처럼 멋진 할머니가 되어야지."

"맞아. 병원에 있을 때, 병실에 있던 분들이 우리 엄마 멋지다고 칭찬하는데 괜히 기분 좋더라. 이담에 나도 송이에게 그런 엄마가 되고 싶어."

엄마가 할머니를 인정하기 시작했다. 어른도 어려움을 겪고 나면 철이 드는 모양이다. 난해한 실타래처럼 엉켜 있던 엄마 마음이 제발 이대로 쭉 풀려나갔으면 좋겠다. 내친김에 침 한번 꿀꺽 삼키고 장난처럼 물었다.

"대호 씬 계속 만날 거야?"

엄마가 어설픈 미소를 지었다.

"대호 씨는 좋은 친구야. 송이한테 이런 말 해도 되는지 모르겠지만, 대호 씨가 옆에 있으면 뭔가 좀 든든하고 부족한 부분이 채워지는 것 같아."

송이가 입을 삐죽였다.

"난 옆에 있어도 엄마한테 전혀 도움이 되지 못했네."

"그건 아니야. 송이는 엄마의 가장 소중한 보물이야. 음……. 그래, 엄마가 솔직하게 말할게. 어느 책에서 보니까 여자의 욕망은 비난받을 일이 아니라고 쓰여 있더라. 엄마도 그래, 한송이 엄마이기도 하지만 한 인간, 한 여자로서 욕망하는 게 있어. 괜찮은 남자를 만나서 사랑하면서 이해받고 인정받고 싶은 욕망 같은 것 말이야. 그런 욕망을 억누르고 살 수도 있겠지만 나는 이런 내 감정에 충실해지고 싶어. 나 김혜경이 좋아할 삶을 살아보고 싶거든."

감정에 충실한 것이 고작 대호 씨랑 연애라니, 납득이 되지 않았다. 뭐라고 토를 달고 싶었지만 엄마 눈빛이 너무 진지해서 참았다.

"그렇게 내 감정에 충실하게 살면 나중에 후회하지 않을 것 같아."

엄마가 찬찬히 말을 더 이어갔다.

"송이 너도 이담에, 엄마가 송이 키우느라 연애도 한 번 못해보고 내 인생 다 바쳤다, 내 인생 돌리도, 뭐 그런 소릴 듣고 싶진 않겠지?"

어느 책에서 읽은 글이 떠올랐다. 모성은 타고나는 게 아니라 사회화 과정에서 만들어지는 것이라고. 엄마도 만들어지는 모성보다는 자신의 감정과 사랑에 충실하고 싶다는 선언이었다.

"우리 송이 정말 많이 컸다. 엄마하고 이런 이야기도 하고. 고마워, 송이야."

"그래도 난 대호 씨 정말 싫어. 솔직히 나는, 엄마하고 둘이서만 살고 싶어."

송이가 고개를 떨구었다. 엄마가 송이 손을 가만히 잡았다.

"미안해, 엄마 참 못됐지? 흐, 나도 우리 엄마한테 참 못됐다고 했는데."

"나도 참 못됐어. 하지만 거짓말은 할 수 없잖아. 자연스럽게 엄마를 이해하는 날이 찾아오면 좋겠어."

송이가 깊은숨을 후우, 내쉬었다.

송이와 준서가 손을 잡고 학교에 갔다. 입학 때만 해도 별 차이가 나지 않았는데 지금은 준서 머리가 송이 어깨 위에 쑥 올라와 있다.

"야, 김준서, 처음 중딩 시작할 때 생각나?"

"아니."

"치이, 그때 내가 너 땜에 얼마나 힘들었는데."

송이가 준서 옆구리를 주먹으로 툭 쳤다. 준서는 수업 시작과 끝나는 음악 소리에 무척 민감하게 반응했다. 수업을 시작하는 노래가 나오고 곧바로 선생님이 교실에 들어오지 않으면 총알같이 교무실로 뛰어가 소리쳤다.

"선생님, 수업 시작했어요!"

수업이 끝날 때도 마찬가지였다. 음악이 나오면 1초의 망설임도 없이 자유로운 영혼이 되어 돌아다녔다. 준서를 이해하지 못하는 아이들은 드러내놓고 준서를 놀리며 괴롭혔다. 준서 신발을 학교 창고 지붕 위에 던져서 골탕을 먹이기도 하고 준비물이나 책을 감추고 조리돌림을 했다. 그 틈바구니에서 준서를 다독이고, 아이들과 맞선 것은 송이였다. 다행히 준서는 송이의 말을 잘 들었다. 송이가 하라는 것은 하고, 하지 말라는 것은 하지 않았다. 가끔씩 엉뚱한 질문으로 선생님들을 난처하게 만드는 것은 여전했지만.

"김준서, 졸업하는 소감이 어때?"

휴대폰을 들여다보느라 준서가 건성으로 대답했다.

"좋아, 아니, 싫어."

"뭔 소리야?"

"송이, 인간의 몸값이 약 삼천 원이야. 작은 못 한 개의 철, 비누 일곱 장의 지방. 성냥개비 이천이백 개의 인과……."

또 시작이다, 이 외계 물체. 송이가 빽 소리쳤다.

"그럼, 우리가 느낄 수 있는 감정, 사랑, 우정은 값으로 따지면 얼마야?"

준서가 발걸음을 멈추고 우뚝 섰다. 송이가 잰걸음으로 앞섰다. 일단은 졸업식을 위해 준서의 엉뚱한 생각을 끊어놓아야 한다. 김준서 사용 설명서를 누구보다 잘 알고 있는 송이였다.

"소, 송이. 송이……."

준서가 뛰어와 송이 손을 잡았다. 송이가 준서를 쳐다보며 빙긋이 웃었다.

졸업식이 열리는 강당 앞에 이르렀다. 아빠가 꽃다발을 들고 서 있었다.

"우리 송이, 졸업 축하해!"

아빠가 환하게 웃으며 꽃다발을 안겨주는데 엄마가 왔다.

"혜경아, 몸은 좀 어때?"

"응, 성수 오빠 왔어? 이젠 많이 좋아졌어."

"그동안 고생 많았어, 혜경이도 송이도."

두 사람이 서먹해하자, 송이가 재빨리 중간에 서서 엄마 아빠 손을 잡았다. 두 사람의 체온을 동시에 느낄 수 있어서 기뻤다. 송이가 엄마와 아빠를 번갈아 쳐다보며 생글거렸다.

그때, 저만큼에서 대호 씨가 꽃다발을 들고 걸어왔다. 대호 씨의 뻔뻔함에 송이는 화가 났다. 이참에 아예 공개적으로 연애를 할 모양이었다. 어떡하지, 송이가 고민하는 사이 코앞까지 온 대호 씨가 꽃다발을 내밀었다.

"송이야, 졸업 축하해!"

얼떨결에 꽃다발을 받았다. 엄마가 잠시 난감해하더니 소개를 했다.

"대호 씨, 인사해. 송이 아빠."

"아, 예. 처음 뵙겠습니다. 박대호입니다."

대호 씨가 인사를 하며 손을 내밀었다.

"예, 한성수입니다."

아빠가 굳은 표정으로 손을 내밀었다. 엄마의 두 남자가 악수를 하는 묘한 풍경이라니, 송이 얼굴이 뜨뜻해졌다. 아빠가 서둘러 송이 손을 잡았다.

"송이야, 이제 들어가자."

송이가 엄마를 돌아보았다.

"아빠하고 먼저 가. 우린 뒤따라 갈게."

엄마가 손짓을 했다. 송이는 대호 씨가 준 꽃다발을 내팽개치고 싶었다. 사람이 저렇게 염치가 없을까? 속이 부글거렸지만 아빠 손을 꽉 잡으며 마음을 다스렸다.

졸업식이 진행되는 동안, 송이 시선은 궁색한 세 사람의 얼굴에 머물렀다. 도대체 저 눈치 없는 인간은 왜 저렇게 서 있지? 내가 김혜경 씨 애인이오, 표 내고 싶어서 안달이 난 걸까? 지금 엄마, 아니 아빠 마음은 어떨까? 마음 같아선 졸업식이고 뭐고 다 때려치우고 싶었다.

졸업식이 끝났다. 다행히 대호 씨는 사라지고 없었다. 사진을 누구와 어떻게 찍어야 할까? 엄마 아빠 송이, 셋이서 찍는다. 아니다. 엄마는 앨범에서도 아빠 사진을 오려낸 적이 있으니까 아빠 따로, 엄마 따로 찍어야 한다. 아니다, 송이 엄마 아빠니까 같이 찍어야 한다. 머리가 복잡하게 돌아가는데 엄마가 먼저 나섰다.

"송이야, 아빠하고 서봐. 내가 찍어줄게."

송이는 얼른 대호 씨가 준 꽃다발을 엄마에게 건네고 아빠와 사진을 찍었다. 아빠도 엄마와 송이를 찍어주었다.

"광석, 우리 좀 찍어줘."

송이가 광석 원장에게 휴대폰을 넘기고 엄마 아빠 팔짱을 꼈다.

"졸업식 기념, 괜찮지?"

엄마 아빠가 눈빛으로 서로 합의를 하고 고개를 끄덕였다. 사진을 찍으며 송이가 활짝 웃었다. 엄마 아빠도 빙그레 웃었다. 광석 원장과 준서 사진도 찍어주고 친구들하고도 사진을 찍었다. 아빠가 엄마에게 말했다.

"혜경아, 고마워. 송이 잘 키워줘서."

엄마가 희미하게 웃으며 고개를 끄덕였다.

"송이하고 밥 먹으러 갈 건데, 같이 갈래?"

"아니야, 난 가게 봐야 돼. 둘이서 갔다 와."

엄마와 아빠가 교문에서 헤어졌다. 총총히 걸어가는 엄마, 담담하게 바라보는 아빠, 송이는 두 사람의 모습을 두 눈 가득 눌러 담았다.

아빠 차에 오르자 송이 어깨에서 힘이 스르륵 빠져나갔다. 졸업식에서 마음 졸이며 눈치 보느라 에너지가 모두 소진되었다. 묘한 어른들의 관계에 거북함은 송이 몫이었다.

"어때, 그 인간?"

송이가 속이 치밀어 퉁명스럽게 물었다.

"좋은 사람 같던데. 젊고 몸집도 좋고."

아빠가 무심한 듯 대답했다.

"좋긴, 개뿔! 난 싫다고! 그 남자 부모님과 누나도 우리 엄마 엄청, 엄청 싫어해."

"그러면 안 되는데. 그니까 한 사람을 만나는 것은 그 사람이 살아온 인생이 송두리째 함께 오는 거야. 거기에 부모 형제까지 같이 오니 참, 힘들어."

송이가 눈을 꾹 감았다.

"송이야, 아빠는 혜경이한테 미안한 게 많아서…… 혜경이가 좋은 사람 만나서 행복하게 살았으면 좋겠어, 진심이야."

"그럼, 나는?"

비스듬히 누웠던 송이가 의자를 세우며 벌떡 일어났다. 당황한 아빠가 입을 꾹 다물었다. 아빠의 침묵이 길어졌다.

"진짜, 아빠는 무관심의 대마왕이다. 엄마가 나보다 더 좋아하는 남자가 생겨서 나는 불안해 미치겠는데 어떻게 그렇게 말해?"

"송이도 엄마가 행복하면 더 좋지 않을까?"

그 공포의 스테이크를 아작 내던 혜경 씨의 모습을 보지 않았다면 그 입, 닥치시오.

"좋다고? 그 남자한테 새아빠라 불러야 할지도 모르는데. 한송이가 박대호의 딸이 되면 좋겠어? 좋겠냐고!"

불뚝대던 속이 악으로 솟구쳤다. 숨소리가 씩씩 거칠어졌다.

"미안해, 송이가 그렇게 싫어하는지 아빠는 몰랐어. 그럼 어떡하지?"

"그러니까 아빠가 아는 게 뭐냐고. 아무것도 모르잖아. 혼자서 착한 척 좋은 말만 하면 되는 거야? 정말 무책임해. 어떻게 자기들 생각만 하냐?"

송이 두 눈에 눈물이 그렁그렁 맺혔다.

"송이야, 그렇게 싫으면 아빠하고 같이 살까?"

아빠 목소리가 가늘게 떨렸다.

"말이 돼? 한우리 엄마가 어서 오라고 날 받아줄 것 같아? 난 대체 뭐냐고. 아빠는 아빠 좋은 대로 살고 엄마는 남자한테 빠져 있고. 나는 어떡해야 하냐고. 이럴 거면 왜 낳았는데? 왜 자기들 맘대로 이혼해서 날 이렇게 힘들게 하는데."

눌러놓았던 것들이 꺽꺽 목구멍을 타고 올랐다. 아빠가 갓길에 급히 차를 세웠다.

"엄마가 뭐라고 한 줄 알아? 나보고 찢어지자고…… 자기 연애 방해된다고 찢어지자고, 그게 말이 돼? 방배동 할머니도 나보고 엄마랑 분리되는 연습을 하라고, 엄마 인생 살게 하라고 부추기고……. 그럼 나는? 나는 어떻게 살아?"

아빠가 두 팔로 송이 어깨를 끌어안았다.

"놔, 아빠는 도대체 뭐야? 양육비 보내주면 다야? 한 달에 한 번 삐쭉 찾아와서 얼굴 보여주면 끝이야? 아빠는 광석 원장보다도 자기 딸을 모르잖아. 싫어, 정말 싫어. 엄마도 아빠도 다 싫다고."

송이의 울음 섞인 목소리가 점점 더 거칠어졌다. 임계점에 이른 감정의 마그마가 용솟음쳤다.

"이러려면 왜 날 낳았는데. 내가 무슨 짐짝이야? 이리저리 차여도 되는 짐짝이냐고."

두 눈에 뜨거운 것이 마구 흘러내렸다.

"송이야. 아빠가 몰랐어. 아빠는 우리 송이 마음 상하게 하지 않으려고 늘 전전긍긍만 했지, 송이 마음을 헤아려 볼 줄 몰랐어. 미안해……. 정말……."

아빠를 밀어냈지만 아빠는 몸부림치는 송이를 더욱 꼭 껴안았다.

"송이야. 아빠가 정말 미안해."

송이와 어깨를 맞대고 있는 아빠 얼굴에서 물기가 느껴졌다.

"미안하다. 미안해……."

아빠 목소리에 물기가 흥건했다.

아빠가 송이를 안고 꺽꺽댔다.

송이 한쪽 뺨을 타고 아빠 눈물이 흘러넘쳤다.

아빠였구나, 이렇게 울고 있는 사람이 내 아빠였구나!

송이도 아빠를 안았다.

이렇게 서로를 안아본 게 얼마 만이지. 아빠와 송이는 그렇게 서로를 안고 있었다. 얼마나 그렇게 있었을까?

"송이야, 지금이라도 아빠한테 말해줘서 고마워."

아빠가 고개를 들고 송이를 바라보았다.

송이도 아빠를 바라보았다.

"나도 아빠한테 내 맘을 말했어야 하는데……."

내가 얼마나 외롭고 힘든지. 말하지 않으면 알 수 없는데 알면서 모른 체한다고 미워하기만 했어, 아빠 미안해!

아빠가 송이 얼굴을 두 손으로 감쌌다. 송이를 바라보는 아빠의 젖은 눈길이 깊고 맑았다.

"송이야, 아빠가 잘 몰라서……. 하지만 아빠는 정말 송이를 사랑해."

아빠의 진심 어린 사과가 마음 깊은 곳에 녹아들었다. 어쩌면 송이도 아빠와 마찬가지였는지 모른다.

아빠를 만나면 왜 그토록 냉기만 뿜어냈을까?

왜 그랬을까?

생각을 더듬었다. 아마 엄마 아빠가 이혼할 무렵부터인 것 같았다. 집안 분위기가 얼음장이었다. 둘 다 송이 앞에서는 조심하느라 디테일하게 갈등을 배출한 적은 없었지만 문을 닫고 있어도 들려오는 소리들이 있었다. 어린 인간은 그 소리를 절망으로 해석했다. 그리고 둘의 표정에서 감지되는 불안과 공포를 느끼며 울었다. 엄마 아빠를 가로막고 있던 철벽, 그 철벽을 어린 인간이 넘을 수 없어서 한없이 막막했다. 그러던 어느 날, 엄마 아빠는 어린 인간의 동의를 구하지 않고 헤어졌고, 졸지에 엄마와 둘이 살게 되면서 모든 게 낯설고 의문투성이였다. 하지만 어린 인간도 알았다. 엄마 앞에서 아빠를 찾으면 안 된다는 것을, 엄마가 싫어하는 게 아빠 얘기라는 것을. 그래도 처음에는 한 달에 한 번, 아빠를 만나는 날을 기다렸다. 만나면 철없이 좋알댔다. 그런데 그 기다림이 점점 원망으로 변하면서 아빠를 만나면 입을 닫았던 것이다. 아빠도 송이가 입을 닫으면 아무것도 모르는데, 알 수가 없는데.

자동차가 다시, 쏟아지는 하얀 빛 속으로 출발했다. 아빠는 깊은 생각에 잠긴 듯 말이 없었다. 차 안의 묵직한 공기를 송이가 깼다.

"아빠, 우리 김광석 노래 들을래?"

"김광석, 좋아. 송이가 아빠 혼내주려고 부르게 했던 것? 이번에도 벌이야?"

"칫, 무슨 벌이야. 아빠가 노래를 잘 부르니까 그랬지."

아빠가 한 손으로 송이 손을 슬며시 잡았다.

"미안, 송이야. 이제부턴 아빠한테 뭐든 다 말해줘. 아빠도 송이 눈치 보지 않고, 우리 송이가 뭘 좋아하고 싫어하는지, 친구들과는 어떤지, 조금씩 알 수 있을 테니까."

송이가 고개를 끄덕이자 아빠가 후우, 안도하듯 깊은숨을 내쉬었다.

"흐, 괜히 쫄았네, 그동안 송이 눈치 보느라……. 아빠는 혜경이에게도 너에게도 무슨 말을 어떻게 해야 할지, 널 만나면 어떻게 시간을 보내야 할지 몰라서 힘들었어. 내가 우리 부모님께 사랑을 받아본 적이 없어서. 우리 부모님은 자식들 먹여 살리는 데 급급해서 자식들과 얘기를 한 적이 별로 없었어. 그래서 혜경이가 외롭다고, 답답하다고 해도 다 투정이라고만 생각했어. 그런데 오늘 송이가 아빠한테 하는 얘길 듣고 깨달았어. 아, 그렇구나. 송이처럼 마음에 있는 생각을 이렇게 이야기하면 될걸 그랬구나. 왜 그게 그렇게 어려웠을까? 이젠 아빠도 송이한테 하고 싶은 이야기 다 할 거야. 송이도 아빠한테 하고 싶은 얘기, 다 해줘. 송이한테 아빠가 많이 배우고 싶어."

"정직하게 말하면 나도 그랬어. 아빠 만날 때마다 할 말도, 하고 싶은 말도 없었어. 아니, 속에서는 말들이 나오려고 아우성치는데 어떻게 해야 할지 몰랐어. 어떻게 아빠에게 상처를 주고 더 아픈 말을 할 수 있을까? 딸한테 관심도 없는 아빠를 어떻게 경멸해 줄까? 어떻게 싫은 표를 팍팍 낼까, 그런 생각만 했던 것 같아. 미안."

송이가 아빠 어깨에 머리를 살짝 기댔다. 아빠가 한 손으로 송이 어깨를 어루만졌다.

힘겨운 날들도 있지만~ 새로운~ 꿈들을 위해~ 바람이 불어오는 곳~

오디오에서 들려오는 김광석의 목소리가 밝고 경쾌했다. 송이는 아빠와 노래를 따라 불렀다. 둘 다 목이 잠겨서 빽빽했지만 아빠의 굵은 톤과 송이의 여린 톤이 그런대로 하모니를 이루었다. 김광석을 좋아하는 한성수 씨와 한송이, 아빠와 딸 사이로 꽤 괜찮은 조합 같았다.

"아, 생각난다. 내가 꼬맹이였을 때, 아빠하고 엄마하고 놀이공원 갔었잖아. 아빠 어깨 위에서 무등을 타고 솜사탕을 먹을 때도, 바다에서 모래성을 쌓을 때도 아빠는 김광석 노래를 불렀었다. 그치?"

"어, 그랬나?"

아빠가 송이를 사랑스런 눈빛으로 바라보며 웃었다.

송이는 고개를 들어 물끄러미 아빠를 바라보았다. 지금 눈앞에 있는 아빠는 어린 딸과 놀아주던 그때의 그 진심을 그대로 간직하고 있을까? 아빠가 만들어 온 〈겨울 왕국〉의 엘사 케이크, 그날 〈렛 잇 고〉를 부르며 손을 잡고 빙글빙글 돌아가며 춤을 추던 그 흥겨움도.

가만히 생각해 보니 송이가 태어나기 전부터 엄마 아빠가 이혼하기까지, 아니 이혼 후의 이야기와 아빠에 대한 모든 정보도 엄마를 통해서만 들었다. 그렇다면 그 모든 것들은 그때그때 엄마의 감정에 따라 왜곡되거나 굴절될 수도 있었을 것이다. 엄마에게서 건너와 송이 머릿속에 저장된 정보들 중에서 잘못된 것들을 걸러낸다면 어떤 알맹이가 남을까? 그동안 둥둥 떠다니는 껍데기를 붙잡고 아빠를 미워하면서 감정을 소비하고 있지는 않았을까? 송이는 허리를 곧추 세우고 아빠의 부드러운 눈빛을 바라보았다.

송이와 아빠가 중국집에서 근사한 코스 요리를 먹었다. 붉어진 눈동자가 민망했지만 훌륭한 만찬이었다. 식사가 끝난 후, 오늘도 한성수베이커리의 한성수 파티시에가 변함없이 투명 봉지를 내밀었다.

"송이야, 아빠가 엘사 쿠키 구워 왔어."

"야, 엘사 공주다. 방금 전에 엘사 공주 생각했었는데."

섬세하고 아름다운 엘사 공주, 금방이라도 〈렛 잇 고〉를 부르며 눈밭에서 빙글빙글 춤출 것 같았다.

"고마워. 이거 굽느라고 힘들었지?"

"응, 얼굴 모양 잡느라 몇 번이나 실패하고 다시 만들었어."

"예쁘다!"

송이가 활짝 웃었다.

한송이꽃집 앞에서 헤어지면서 아빠가 송이를 두 팔로 안아주었다.

"아빠가 미안해, 송이 옆에 있어주지 못해서……. 아빠 딸,

잘 자라주어서 고마워! 졸업도 진심으로 축하해. 아빠가 우리 송이 많이 사랑하는 것 알지?"

"응."

아빠, 너무 미안해하지 마. 이때껏 그래왔듯 아빠는 아빠의 삶을 살아가고 나는 내 삶을 살아가면 되는 거야. 아빠와 딸이잖아. 속엣말을 하며 송이도 아빠를 안아주었다.

"아빠, 잘 가!"

"응, 전화할게."

아빠가 차창 밖으로 손을 흔들며 멀어져 갔다. 그 모습을 보는 송이 코끝이 찡해졌다. 현실은 아무것도 변한 게 없다. 하지만 송이 마음 어디쯤이 박하향처럼 환해지는 것 같았다. 무엇보다도 이젠 틱틱대지 않고 아빠 눈을 바라보며 조곤조곤 이야기할 수 있을 것 같아서 기뻤다.

송이가 엄마와 광석 원장에게 톡을 보냈다.

곧, 도착.

광석 원장이 바람처럼 답문을 보냈다.

웰컴. 혜경 씨도 여기서 송이 기다리고 있어.

이어서 준서도 전화를 했다.

"송이, 빨리빨리 와. 아빠가 케이크 사놓고 기다린단 말이야."

"알았어."

김광석헤어 앞. 오늘은 어쩐 일로 김광석의 노래가 흐르지 않았다.

"뭐야, 다들 어디 갔어?"

광석 원장은 여전히 책에 코를 박고 있었다.

"음, 곧 나타날 거야."

"아직도 이 책 읽어? 『죽음에 이르는 병』. 굳이 이런 책 안 읽어도 병원 응급실에 가봐. 날마다 사람이 죽어 나간다고."

"와, 송이 병원에 좀 있었다고 뭔가 멋있다. 삶의 현장에서 철학자가 된 것 같아."

졸업 축하합니다. 졸업 축하합니다.
사랑하는 김준서, 한송이, 졸업 축하합니다.

파티션 뒤에서 엄마가 케이크를, 준서가 음료수 쟁반을 들고 나왔다. 송이와 준서가 촛불을 끄자 앙증맞은 폭죽이 팡팡 터졌다.

"한송이, 김준서. 졸업을 진심으로 축하한다."

"나도 엄청 축하해."

엄마와 광석 원장이 송이와 준서를 번갈아 안아주었다.

"대호 씨다."

준서가 가리키는 문 앞에 대호 씨가 서 있었다.

"아, 저 인간이 왜 또?"

송이가 인상을 찌푸렸다.

"대호 씨, 왜?"

엄마가 일어섰다. 광석 원장이 멀뚱멀뚱 쳐다봤다. 밖으로 나간 엄마가 배시시 웃으며 상품권 봉투를 들고 들어왔다.

"아, 이거 송이에게 전해주라고. 졸업 축하 선물인데 아까 깜빡했대."

엄마가 머뭇거리며 송이 눈치를 봤다.

"아, 됐다 그래."

분위기가 싸해졌다.

"송이, 참 예뻐."

준서가 생크림을 찍어 송이 코에 발랐다.

"오, 분위기 반전."

광석 원장이 히잇 웃으며 준서 코에 생크림을 듬뿍 발랐다. 송이는 엄마 코에, 준서는 광석 원장 코에 생크림을 바르며 한바탕 난리를 쳤다.

축하 파티가 끝난 후, 송이는 아빠가 준 축하 봉투에서 지폐를 꺼내 마트로 향했다. 짬뽕 라면, 매운 라면, 순한 라면, 해물 라면, 입맛대로 골라 먹어도 좋을 만큼 다양한 라면을 한 봉투 쓸어 담았다. 벌써 미세한 MSG의 유혹이 입안에서 감지되었다. 중학교 졸업과 고등학교 입학을 앞둔 이 시점에서 헛헛한 마음의 허기를 채워줄 거룩한 먹거리를 든든히 확보한 셈이다.

집에 온 송이가 주방 붙박이장에 라면을 차곡차곡 쌓았다. 으이구, 얄미워. 지 아빠 닮아서 어쩜, 야식을 먹고 자도 살이 안 찌냐, 진짜 축복받은 몸매야, 부러워하는 엄마 앞에서도 맛있게 라면을 짭짭 먹을 것이다. 배가 부를 때까지.

"엄마 나갔다 올게. 기다리지 말고 먼저 자. 셔터는 내려놓고 갈게."

"이렇게 일찍 가게 문 닫아?"

"주문한 건, 다 끝냈고. 열어놔도 손님 없어."

"알았어."

진짜, 하루에 몇 번이나 곰탱이를 만나는 거야. 가게 문 열고 닫는 시간은 고객과의 암묵적인 약속이니 엄숙히 지켜야 한다고 할 때는 언제고, 엄마가 나가는 걸 지켜보며 송이가 구시렁댔다. 그때 번개처럼 좋은 생각이 떠올랐다. 엄마를 급히 불러세웠다.

"엄마, 부탁이 있어. 졸업 선물로 들어주라. 응?"

"뭔데?"

"있잖아. 내가 대호씨 싫어하는 것 엄마도 알잖아. 그러니까. 그게…… 엄마도 내가 대호 씨 싫어하니까 엄마도 짜증 나잖아. 그래서 우리 약속 같은 것 하나 하면 어떨까?"

"약속?"

"응, 약속만 해주면 나도 엄마 연애 방해하지 않을게."

"뭔데? 말해봐."

"음, 그러니까. 데이트는 밖에 나가서 하기. 그리고 대호 씨 얘긴 나한테 하지 않기, 마지막으로 대호 씨와 나를 엮으려 하지 말기, 지난번처럼 같이 동물원에 간다거나 뭐, 그런 거. 내가 엄마 연애를 이해할 때까지만."

"알았어. 송이 말대로 할게. 그럼, 엄마도 조건이 있어."

"말해봐."

"홍 이모님이나 광석 원장한테 대호 씨 얘기 하지 않기."

"좋아. 그럼 우리 약속한 거다."

"아, 또 하나 더 있다. 무단 가출하지 않기. 가출해서 아빠 찾아가지 않기. 그리고 마지막으로 엄마한테 할 말 있음 혼자서 속 끓이지 말고 지금처럼 말하기. 가족의 평화와 질서를 위해서, 아니다. 그렇게 거창할 필요는 없고, 엄마와 딸이라도 마음을 말하지 않으면 오해가 생기니까 무슨 일이든 서로 이야기하기."

"좋아."

"우리 딸 고마워. 딸이 엄마를 이해해 줄 때까지 엄마도 서두르지 않을게. 걱정하지 마."

엄마가 송이의 두 손을 맞잡았다. 송이가 엄마 가슴에 머리를 비볐다.

엄마를 보낸 후 송이는 주방으로 가서 라면을 끓였다. 뽀글뽀글 끓는 냄비를 방으로 들고 왔다. 정주행하던 드라마를 휴대폰으로 보며 라면 한 젓가락을 호로록 흡입하는데 실없이 웃음이 났다.

"엄마는 애인을 찾아 나가고 난 이렇게 퍼질러 앉아 라면을 먹자. 엄마는 엄마의 자유를 누리고 난 내 자유를 누리며 스스로 마음을 달래면 된다. 엄마도 나도 평안과 개별적인 자유가 필요해."

송이는 옆에 누가 있는 것처럼 중얼거렸다. 부모 자식이라도 너무 엉켜 있으면 안 좋아, 내 필요만 채워주는 엄마를 죽여야 해, 할머니와 광석 원장이 하던 말이 떠올랐다.

그래, 당분간은 이렇게 라면을 먹으면 된다. MSG의 미묘한 느끼함이 마음을 달래줄 것이다. 언젠가는 이런 맛이 필요하지 않을 날이 오겠지. 송이는 시큰시큰해지는 가슴을 주먹으로 꾹꾹 눌렀다. 라면을 반쯤 먹고 냄비를 밀어놓고 바닥에 누웠다.

"아유, 송이야. 이렇게 라면 냄비 옆에서 잠이 들면 어떡해. 이게 뭐야, 라면이 다 불어 터졌잖아."

깜빡 잠이 든 모양이다. 눈을 떠보니 밤 12시 10분, 화장실에 가려고 일어서는데 전화가 왔다.

"소, 송, 이. 내 머릿속 레이더에 초, 촉이 왔어. 그러니까, 우, 우리 사귈래?"

눈이 번쩍 떠졌다. 뭐야, 자다가 봉창 두드리는 이 소리는?

"야, 무슨 고백을 오밤중에 이렇게 하냐?"

송이가 인상을 팍, 썼다.

"오, 오늘 졸업식 날에 하려고 했단 말이야. 고, 고딩 되면 다른 학교에 다, 다닐 수도 있잖아."

"아, 알았어. 알았어. 일단 끊어봐. 오줌 쌀 것 같아."

화장실로 들어가며 송이가 킥킥댔다. 준서가 고백을? 크크, 장하다, 김준서! 오줌을 누고 세수를 하고 머리를 쓸어 올리는데 거울 속에 뽀얀 아이가 눈을 동그랗게 뜨고 바라보았다. 여드름 몇 개가 콧잔등에 앉아 있지만 꽤 예쁜 얼굴이다. 그래, 이렇게 예쁘니 준서가 반할 만하지. 송이가 또 킥킥대며 여드름을 짜는데 문틈으로 소리가 들렸다.

"송이가 날 싫어하는데 어떡하죠?"

"걱정 마. 송이가 지금은 싫어해도, 언젠가는 대호 씨 좋아할 거야.”

글쎄요, 노력은 해보겠지만 아마도 그럴 일은 없을걸요, 대호 씨. 하마터면 송이 입에서 소리가 튀어나올 뻔했다. 엄마는 왜 스피커폰을 켜놓고 난리야. 송이도 스피커폰으로 전화를 했다.

“야, 김준서. 내일 학원 끝나고 우리 집에 와서 같이 라면 먹자. 응, 그때는 우리 엄마 집에 없어. 밤 데이트 나가니까.”

“밤에 라면 안 돼.”

준서가 딱 잘랐다.

“야, 외로워도 슬퍼도, 굳세게 살아가려면 라면이 최고야. 라면은 허기진 배를 가장 빨리 채워주고 맘을 달래주거든. 사랑은 죽음보다 강하다? 웃기는 소리 말라고 해. 그러니까 사랑은 말이야……. 사랑은 라면이야. 하하하.”

송이가 횡설수설하며 소리 내어 웃었다.

“송이, 나, 나는…….”

“야, 김준서. 더듬지 말고 똑바로 말해.”

“그러니까. 송이, 난 송이 편이야.”

“좋다, 김준서. 나도 오늘부터 셀프로 내 편 할 거야. 한송이 편, 마안~타! 광석도 홍 이모님도 다 송이 편이고……. 그런데 김준서. 고백은 고맙지만 난, 이제 라면으로 엄마 없는 시간에도 나 혼자 마음의 자유를 막, 찾기 시작했거든. 넌 좀 더 기다려야 할 것 같아. 아, 참 그리고 우리 기린 보러 갈래? 겨울의 기린은 카타르시스거든. 어때?"

"으, 응. 아, 알았어. 그러니까 기린은 아프리카, 사바나, 사하라 남쪽에 분포되어 있는데 얼룩무늬 패턴으로 그 차이를……."

"됐어, 네가 보낸 정보 다 읽었거든. 굿나잇."

준서의 가상한 고백에 가슴이 뿌듯했다. 김준서, 이대로 쭈욱~ 잘 살아가는 거다. 이제는 준서의 아스퍼거 증후군에 대한 안타까움도 안녕해야 할 것 같았다. 어차피 준서도 세상을 살아갈 방법을 스스로 터득해야 할 테니까.

송이가 기분 좋은 목소리로 김광석 노래를 흥얼거렸다.

사랑이라는 이유로 많은 날들을~ 엮어 가고~

엄마가 고개를 삐끔 내밀었다.

"칫, 누가 그 아빠의 딸 아니랄까 봐."

송이가 더 목소리를 높였다.

"김광석 노래 좋다, 좋아. 오늘은 졸업도 하고 꽃과 케이크도 받고 고백도 받고, 좋은 날이다. 참 좋은 날! 그래도 김혜경 씨와 박대호 씨의 연애는 네버, 네버, 노우, 노우, 노우, 지만 엄마가 약속을 잘 지킨다면 참아줄 만하지. 흐흐."

엄마가 미간을 찌푸리며 뭐라 한마디 하려다가 사라졌다. 턱까지 내려온 송이의 눈물을 보지 못한 게 다행이었다. 왜 원하지 않는 눈물이 이렇게 제멋대로 나오는 걸까? 아직 어려서 이렇게 힘이 들까? 어른이 되면 이런 것들이 사라질까? 송이가 입술을 꼬옥, 깨물었다. 거울 속의 송이도 꼬옥, 입술을 깨물었다.

사랑이라는 이유로 많은 날들을 엮어 가고~
언젠가는 우리가 함께 나눌 시간들을 위해~

엄마가 다시 나타나 거실을 청소하며 김광석의 〈사랑이라는 이유로〉를 불렀다. 노랫말이 송이 마음에 잔잔히 스며들었다. 눈물을 말끔히 닦아낸 송이도 거실로 나오며 노래를 불렀다. 송이가 엄마와 눈빛을 맞추었다.

"엄마 두 눈이 어딘가 기린을 닮은 것 같긴 해."

"겨울 기린?"

"근데, 엄마. 왜 하필 겨울 기린이야?"

"외롭고 슬프니까."

"치잇. 내가 본 겨울 기린은 외롭고 슬프기만 한 게 아니었어. 주어진 환경과 상황 속에서 그 긴 두 다리로 바닥을 단단히 딛고 서 있었어. 참고 견뎌내고 있었던 것이지. 기린의 맑고 선한 눈망울이 그렇게 말하더라고.”

“참고 견뎌내고 있다?”

“응, 엄마가 기린을 보면서 그랬잖아. 우리 모두는 지구별에 불시착한 무명성들이라고. 그러니까 우리도 초원을 잃어버린 기린과 같아. 어느 날 이 지구별에 불시착해서 살아가는 무명성인데 나한테만 맞추며 살 수는 없잖아. 살다 보면 마음에 안 드는 것도 있지만 어쨌든, 무명성들끼리 잘 살아갈 수 있는 방법들을 찾아봐야지. 찾다 보면 덜 외롭고 덜 슬프게 살아가는 방법을 알게 될 거야. 그때가 되면 기린의 눈처럼 맑고 선한 두 눈을 가질 수 있을 걸.”

“오우~, 우리 딸, 멋지다!”

“그러니까 엄마도 겨울 기린을 너무 외롭고 슬프게만 생각하지 마. 현실을 견디며 뛰어넘는 거룩한 초월자, 뭐 그렇게 생각해. 그 맑고 선한 눈빛에 고마워하면서.”

“그렇구나. 우리 딸 말을 들으니 엄마도 이제부터 그렇게 생각해야겠다. 와, 우리 딸 철학자 같아.”

엄마가 팔을 벌려 송이를 안았다. 송이도 엄마를 안았다.

거룩한 초월자의 눈? 언제쯤이면 그런 기린의 눈을 닮을 수 있을까, 아직은 자신이 없지만 그 눈빛을 동경하다 보면 언젠가는 조금이라도 닮아가지 않을까? 그때쯤이면 나도 엄마의 연애를 인정할 수 있을까? 송이의 머릿속에서 물음표가 꼬리를 물었다.

"와, 눈 온다. 눈송이가 주먹만 한 함박눈이네."

엄마가 창문을 활짝 열며 소리쳤다.

"엄마, 우리 내일 기린 보러 갈래?"

쏟아지는 눈송이를 손바닥으로 받으며 송이가 말했다.

"좋아. 우리 기린 보러 가자."

엄마가 송이 어깨에 팔을 두르며 볼을 맞댔다. 펑펑 쏟아지는 하얀 눈길 저만큼에서 얼룩무늬 기린이 크고 맑은 두 눈을 끔뻑이며 겅중겅중 뛰어올 것 같은 겨울밤, 송이 볼에 맞닿은 엄마 볼이 따뜻했다.

『겨울 기린을 보러 갔어』 창작 노트

어느 해 눈이 펑펑 내리던 날, 동물원에서 기린을 보았다.

그 검은 두 눈망울이 물기로 흠뻑 젖어 있는 것을 보니 울고 있는 게 분명했다. 그 눈물을 본 순간, 가슴이 싸르르해지면서 통유리 안으로 들어가 긴 목을 부여안고 나도 같이 울고 싶었다. 그런데 가만히 눈을 맞추다 보니 기린은 슬퍼서 우는 게 아니었다. 초월의 눈빛, 바로 그것이었다. 이미 초원을 잃어버린 슬픔과 좁은 우리에 갇혀 있는 슬픔을 넘어선, 그 어떤 것이었다. 그렇지 않고서야 그 눈빛이 어찌 그리 맑고 선할 수 있을까!

그 눈빛이 생각난 것은 작가와의 만남 행사에서 중학생인 한 소년을 만났을 때였다. 강연이 끝나고 사인을 할 때였다.

맨 마지막으로 책을 내민 소년의 크고 맑은 두 눈에서 기시감을 느꼈다. 그 소년이 사인한 책을 받아들며 "작가님 저, 배고파요. 요즘 우리 엄마가 남자 친구가 생겨서 밥도 안 해주고 집에도 잘 안 들어와요. 진짜 짜증나지만 어쩔 수 없지요, 뭐." 하며 피식 웃었다. 그때 겹쳐지던 그 눈빛, 아, 겨울기린과 똑 닮은 눈빛이구나.

청소년도 지금, 여기를 살아내는 생활인들이다. 하루하루 맡겨진 학습노동자의 삶을 시간, 분 단위로 감당해야 한다. 거기다 혼자 힘으로 어떻게 할 수 없는 가정사에 예속되어 있기도 하다. 특히, 홀부모와 살아가는 이혼 가정의 자녀들은 그들만의 또 다른 고충이 있을 것이다. 어느 날 엄마의 남자 친구, 아빠의 여자 친구가 나타난다면 그들의 마음은 어떨까?

그 생각에서 이 작품은 시작되었다. 시놉 단계에서 돌싱으로 딸을 키우는 엄마와 엄마의 연애를 받아들일 수 없는 딸을 설정했다. 하지만 아무리 생각해 봐도 두 인물의 입장 차이만 도드라질 뿐, 서로 이해 내지는 양보, 화합할 수 있는 길이 보이지 않아서 고민에 빠졌다. 이렇게 틀어진 상태로 긴 글을 끌고 갈 수 있을까?

결국 둘을 하나씩 떼어놓았다. 이해와 화합이 아니라 우선 엄마와 딸의 입장과 마음을 생각해 보니 실마리가 풀리기 시작했다. 무조건적인 이해와 화합보다는 서로 마음속에 얽혀 있던 말부터 꺼내는 게 좋을 것 같았다. 그렇게 소통하면서 스스로를 다독이며 자신 안에서 단단히 견뎌낼 방법을 찾는 것이 더 가치가 있지 않을까, 생각했다.

겨울 기린을 보는 엄마와 딸의 시각은 다르다. 엄마는 삶의 외로움과 슬픔을, 딸은 자신의 의지로 할 수 있는 게 없는 안타까운 현실을 읽었다. 다르다는 것은 틀린 게 아니다. 서로 달라서 투쟁하고 그 투쟁 속에서 각자 살아갈 길을 발견해 낼 수 있으니까. 엄마로 강제된 삶에서 여자로, 딸은 스스로 다독이며 맞닥뜨린 현실을 헤쳐나갈 수 있는 단단한 힘을 얻길 바랐다.

다름을 인정하고 견뎌내며 나아가는 힘, 그것이면 됐다. 인간은 본래 개별적인 존재로 이 땅에서 살고 있으니까. 개별적인 존재, 세상의 단 하나뿐인 한송이와 김혜경 씨 그리고 그대가 이 초록별의 중심이고 주인공이니까.

이 작품을 쓸 수 있게 잠자리와 먹거리를 제공해 준 '글을낳는집'과 책이 나오기까지 애써주신 특별한서재에 깊은 감사를 드립니다. 내 주님께는 사랑을!

겨울 기린의 눈망울을 기억하며

이옥수

겨울 기린을 보러 갔어

초판 1쇄 인쇄일 | 2024년 8월 20일
초판 1쇄 발행일 | 2024년 9월 2일

지은이 | 이옥수
펴낸이 | 사태희
편 집 | 최민혜
디자인 | 홍성권 김경미
마케팅 | 장민영
제 작 | 이승욱 이대성

펴낸곳 | (주)특별한서재
출판등록 | 제2018-000085호
주 소 | 08505 서울특별시 금천구 가산디지털2로 101 한라원앤원타워 B동 1503호
전 화 | 02-3273-7878
팩 스 | 0505-832-0042
e-mail | specialbooks@naver.com
ISBN | 979-11-6703-133-4 (43810)